Florian Füllbier

Die mutige Minerva-Mannschaft

Band 2

Von den Monstern in, über, unter und neben
uns

Florian Füllbier

Die mutige Minerva-Mannschaft – Band 2

Von den Monstern in, über, unter und neben uns

Roman

Bibliografische Information der Deutschen Nationalbibliothek: Die Deutsche Nationalbibliothek verzeichnet diese Publikation in der Deutschen Nationalbibliografie; detaillierte bibliografische Daten sind im Internet über http://dnb.dnb.de abrufbar.

Herstellung und Verlag:

BoD – Books on Demand, Norderstedt

ISBN: 978-3-7583-8188-1

Kapitel 1

Nichts auf diesem Planeten lässt Dich cooler aussehen, als eine Zigarette zu rauchen. Keine noch so gutsitzende Kleidung, keine noch so perfekte Frisur, kein noch so gewaltiger Bizeps kann Dir die Aura verleihen, die Dir die in Papier gestopften Blätter der Tabakpflanze zu geben vermögen. James Dean gilt nicht nur dank seines frühen Todes in einem Porsche 550 Spyder selbst im 21. Jahrhundert noch als Ikone der Coolness, sondern verdankt dies vor allem der Kippe, die er auf dem Filmplakat für „...denn sie wissen nicht, was sie tun", lässig zwischen Zeige- und Mittelfinger hält.

John Wayne, in seinen Rollen stets für seine Unerschrockenheit bekannt, ließ sich im wahren Leben von keinem Krebsrisiko irritieren und fungierte in den 1950er Jahren als Werbeträger der Zigarettenmarke Camel. Auch Sean Connery stellte sich in „007 jagt Dr. No" am Casinotisch als „Bond. James Bond.", vor, während er dabei von seiner Umgebung unbeeindruckt den Rauch seiner Filterlosen durch die Nase ausstieß. Auf vergleichbare Weise erklärte Al Pacino 1972 in der Rolle des Michael Corleone seinem Filmbruder John Cazale in „Der Pate", dass es nicht ratsam für ihn wäre, sich je wieder gegen die Familie zu stellen.

Sein Filmvater Marlon Brando hatte schon 21 Jahre früher den heißblütigen Stanley Kowalski in Endstation Sehnsucht rauchend auf die Leinwand gebracht und seiner Leinwandpartnerin Vivien Leigh souverän mit einem Streichholz Feuer gegeben. Als John Travolta sich in in „Grease" qualmend als Sportler versucht, rät sein Coach ihm, es auf zwei Schachteln am Tag zu reduzieren – eine Einschränkung, auf die sich der von ihm dargestellte Rebell Danny Zuko natürlich niemals einlassen würde. Umstritten, ob Al Pacino in „Scarface" oder in „Carlito's Way" den härteren Latino-Gangster spielte, unmustritten sein Zigarettenkonsum in beiden Fällen. Dass der Glimmstengel zum Gangster gehört, bewiesen auch Robert de Niro und Ray Liotta in „Good Fellas".

Brad Pitt hätte in „Fight Club" als Nichtraucher zur Revolution aufrufen können – doch wer wäre ihm dann gefolgt? Kevin Spacey rauchte als gnadenloser Keyser Söze in „Die üblichen Verdächtigen", genauso wie Mel Gibson während seines Rachefeldzuges in „Payback" und Clint Eastwood in „Gran Torino", in dem er einen Teenager in Old-School-Manier eines Koreakriegsveteranen zurück auf den rechten Weg bringt. Lucky Luke war nie wieder derselbe, nachdem seine Selbstgedrehten gegen einen Grashalm hatte eintauschen müssen, um weiter im Kinderfernsehen laufen zu dürfen. Genauso wenig wie Fred Feuerstein, der während der ersten beiden Staffeln noch von Winston-Zigaretten gesponsort wurde.

Pinocchio hatte sich in der Disney-Verfilmung von 1940 eine Zigarre gegönnt und wer einst auf dem Schulhof als erster in der Raucherecke stand, hatte auch die erste Freundin und doppelt so viele Freunde hatte er sowieso.

Dennoch war Lukas froh, dass er nicht rauchte. Denn jetzt war er mit Larissa allein in Martins Schlafzimmer. Die anderen fünf Partybesucher, die sich gerade noch rege hier unterhalten hatten, gaben sich auf dem Balkon ihrer Sucht hin. Seit Nicos Tod war Lukas nicht mehr ausgegangen. Teils aus Trauer, teils, weil ihm die Arbeit am Minerva—Magazin zu wenig Zeit ließ. Als er zufällig Martin im Supermarkt getroffen hatte, hatte er angesichts der Aussicht auf Ablenkung dessen Einladung angenommen.

Lukas kannte Martin von einem früheren Praktikum beim Berliner Tagesspiegel. Und er stand ihm skeptisch gegenüber. Martin war sechsunddreißig Jahre alt, wohnte in einer Wohngemeinschaft mit drei Studenten, die sich alle noch in ihren Zwanzigern befanden. Martin kiffte, besuchte Studenten-Partys und spielte Gitarre in einer Band, deren Gigs seine Freunde wahrscheinlich aus Mitleid ansahen, vielleicht aber auch, um die Bandmitglieder zu verspotten. Lukas, obwohl selbst mehrere Jahre jünger als Martin, konnte mit dessen Jugend-orientiertem Lebensstil immer weniger anfangen. Mit Larissa etwas anfangen zu können, war da die weitaus attraktivere Vorstellung. Angeregt unterhielt er sich mit der schlanken Blondine über den besten Burger Berlins.

„Ich habe siebenundzwanzig Länder bereist und in keinem gibt es einen besseren Hamburger als in diesem kleinen Laden im Prenzlauer Berg“, behauptete Larissa, „das Fleisch ist zur Perfektion gebratenes Rindfleisch von grasgefütterten Tieren. Die Brötchen werden von einer Bäckerei in Pankow geliefert und kross getoastet. Der Salat ist 1A und die Pommes sind hausgemachte Kartoffelträume.“

„Hausgemachte Kartoffelträume?“, Lukas schmunzelte. Larissa schmunzelte zurück. Dann fragte er: „Sag' mal, was arbeitest du eigentlich?“ „Ich bin Journalistin.“ „Tatsächlich? Ich auch.“ „Zwei Leute auf einer WG-Party in Berlin, die was mit Medien machen … Schätze, dass ist nicht die ganz große Überraschung. Bist du frei oder irgendwo angestellt?“

„Ich habe zusammen mit einigen anderen eine eigene Zeitschrift gegründet. Das Minerva-Magazin." „Minerva-Magazin, davon habe ich gehört. Hattet ihr nicht dem öffentlich-rechtlichen Rundfunk den Kampf angesagt?" „Bist du beim ÖRR?" „RBB." „Nun, den Kampf angesagt. Ich will es mal so sagen: Der ÖRR verfügt dank der zwangsweise eingetriebenen Gebühren über ein Budget von mehr als neun Milliarden Euro im Jahr. Der WDR-Intendant hat im Jahr 2017 399.000 Euro verdient, das sind über Hunderttausend Euro mehr als die Bundeskanzlerin.

Auch andere verdienen dort fürstlich und dafür wird eine Menge Zeug produziert, was nur der Unterhaltung dient und meiner Meinung bei den privaten besser aufgehoben wäre: Schlager- und Kochsendungen, Krimis, Quizshows, Seifenopern, Sport, sogar Reality-TV. Und für die Sportrechte will die ARD in der Beitragsperiode 2017 bis 2020 mehr als eine Milliarde ausgeben" „Du weißt doch, wir haben einen Versorgungsauftrag", sagte Larissa und konnte dabei einen ironischen Unterton nicht verbergen. Dann führte sie weiter aus: „Ich habe auch meine Probleme mit dem, was du da aufgezählt hast. Aber glaubst du nicht, dass Nachrichten unabhängig von Partei- oder Wirtschaftsinteressen enorm wichtig sind? Dass sonst schnell jeder Unsinn als offizielle Nachricht verbreitet werden könnte?"

„Und, sind eure Nachrichten frei von Partei-
oder Wirtschaftsinteressen?" „Sie versuchen es
zu sein." „Nun, neulich wurde zum Beispiel
berichtet, der Welthunger sei seit 2015
gestiegen. Dass dies in absoluten Zahlen zwar
richtig ist, aber die Weltbevölkerung
gleichzeitig gestiegen ist, wurde gar nicht
erwähnt.

Würde man der Bild-Zeitung als reißerisch
ankreiden. Am 11.03.2013 hat die Tagesschau
ernsthaft behauptet, beim Reaktorunglück in
Fukushima, wären etwa 16.000 Menschen ums
Leben gekommen, obwohl diese Menschen
durch den Tsunami ertrunken sind, der das
Unglück erst ausgelöst hat." „Nun, wo
gehobelt wird, fallen Späne und wo Menschen
arbeiten passieren Fehler.

Natürlich kann man darüber sprechen, ob Sport und Quizshows nicht lieber dem Privatsektor überlässt. Und leider sind nicht alle ÖRR-Journalisten immer so neutral, wie sie sein sollten. Aber es gibt keine Partei und keine Firma, die uns kontrolliert. RTL zum Beispiel gehört zu mehr als drei Vierteln Bertelsmann. Glaubst du wirklich, die Leute wären besser informiert, wenn die die Hoheit über den Nachrichtenmarkt hätten und ihre Sicht der Dinge verbreiten würden?"

Lukas wollte nicht mit Larissa diskutieren. Journalismus war seine Leidenschaft und er hatte in der Tat ein Problem mit den exorbitanten Summen, die der gebührenfinanzierte Rundfunk für die Champion's League und für den Fernsehgarten verwendete.

Und bei den Nachrichten enttäuschte ihn, dass es immer wieder zu Verstößen gegen das Neutralitätsgebot und zu unsauberen Recherchen kam.

Aber Meinungsverschiedenheiten würden ihm nicht bei der Erfüllung seines Wunsches helfen, lange in Larissas tiefblaue Augen zu starren. Er war selbst erstaunt, wie wohl er sich in ihrer Anwesenheit fühlte. Ging es ihr genauso? Sie lächelte, legte den Kopf in den Nacken, wobei ihm das gepflegte Weiß ihrer Zähne auffiel. „Woran arbeitest du im Moment?", fragte Lukas in der Hoffnung auf einen Themenwechsel.

„Ich arbeite an einer Reportage über Grüne Gentechnik. Sehr interessant übrigens. Erfordert allerdings unglaublich viel Recherche.

Wenn ich heute Abend nach Hause komme, geht es direkt wieder an die Arbeit." „Mit dem Thema habe ich mich auch schon viel befasst.", behauptete Lukas. Das war übertrieben. Tatsächlich hatte Lukas die Idee einer Reportage über Grüne Gentechnik für das Minerva-Magazin ins Auge gefasst. Er kannte einige Zeitungsartikel und Originalstudien und einige Dokumentationen zu diesem Bereich der Pflanzenzüchtung. Von den umfassenden Kenntnissen, die er über alles haben wollte, was er in seinem Namen veröffentliche, war er dennoch noch weit entfernt. „Und, würdest du gentechnisch veränderte Lebensmittel essen?", wollte Lukas wissen.

„Oh, ich habe sie schon gegessen. In gewisser Weise haben wir sie alle schon gegessen - schließlich geht es dabei um die Mehrung positiver Eigenschaften durch genetische Veränderung. Und genau das ist das Ziel jeder Pflanzenzüchtung. Schon mal eine Nektarine gegessen?" „Klar." „Nektarinen sind Mutationszüchtungen. Quasi mutierte Pfirsiche, denen das Gen für die Behaarung fehlt."

Von Mutationszüchtungen hatte Lukas gehört. Durch künstlich induzierte Mutationen wird versucht, ein Zuchtziel, zum Beispiel höhere Erträge oder eine bessere Resistenz gegen Pflanzenkrankheiten, zu erreichen. Zur Auslösung der Mutationen nutzt man Röntgen- oder Neutronenstrahlen, Wärme- und Kälteschocks oder chemische Mutagene.

Ein Großteil der so entstehenden Mutanten weist Defekte auf und eignet sich nicht für die Weiterverwendung. Die brauchbaren Exemplare werden mit leistungsfähigen Zuchtlinien gekreuzt, um die Weitergabe der erwünschten Veränderungen zu sichern.

In den Richtlinien und Verordnungen der Europäischen Union werden durch Mutationszüchtung entstandene Pflanzen den „gentechnisch veränderten Organismen" zugerechnet. Sie sind jedoch von den für die unter Anwendung gezielter gentechnischer Verfahren entstandenen geltenden Kennzeichnungs- und Zulassungsvorschriften ausgenommen. Das ist vor allem dem Umstand geschuldet, dass Tausende auf diesem Weg gezüchtete Sorten bereits seit langer Zeit auf dem Markt sind.

Bestrahlung wurde unter anderem in der Kreation von nahezu allen in Europa ab den 1970er Jahren angebauten Gerstensorten eingesetzt, den Grapefruitsorten „Star Ruby" und „Ruby Red" (Exporthandelsname „Rio Star"), der Apfelsorte „Golden Haidegg", der am weitesten verbreiteten Varianten des Hartweizens, ebenso wie überaus erfolgreicher Reis- und Tomaten- und Erdnusssorten und zahlreiche anderer Kulturpflanzen.

Lukas plante, seine Kenntnisse zu diesem Thema anzubringen. Die Gedanken in seinem Kopf ordnend merkte er nicht, wie sich der Raum nach und nach wieder mit Leuten füllte.

„Mutationszüchtungen sind mir ein Begriff“, sagte er, „Die Mutationen sind sehr viel unkontrollierter entstanden als bei modernen gentechnischen Verfahren, das Saatgut wird in der Biolandwirtschaft genauso verwendet wie in der konventionellen.

Sorgen macht sich da aber niemand drum.“ Larissa grinste. „Ich denke mal, das liegt daran, dass kaum jemand davon weiß“, antwortete sie dann. „Wenn mal jemand auf die Idee kommt, damit Panik schüren zu wollen, wird er das wahrscheinlich schaffen. Auch wenn schon unsere Großeltern das Zeug gegessen haben. Ironischerweise haben die Verfahren aber tatsächlich mehr bedenkliche Aspekte als die verteufelten modernen.“

Der Mann, der plötzlich zwischen ihnen stand, war vielleicht achtundzwanzig oder neunundzwanzig Jahre alt. Durch die schwarzen Ringe unter seinen Augen und seine blasse Haut wirkte er vorzeitig gealtert. Verstärkt wurde dieser Eindruck durch die grauen Stellen, die sich in seinem ungepflegten Bart bemerkbar machten. Sein bis zur Schulter fallendes, strohblondes Haar sah wie zu lange nicht mehr gewaschen aus.

Er trug ein kurzärmeliges, beiges Hemd und eine enge Jeans. Und er fing plötzlich an, zu schreien.

Bis zu diesem Moment hatten Lukas und Larissa den Fremden nicht einmal wahrgenommen, jetzt schrie er sie so in Rage an, dass kleine Speicheltröpfchen aus seinem Mund sich in der in dem Zimmer zirkulierenden Luft binnen Sekunden verteilten.

„Grüne Gentechnik ist übelster Kapitalismus", brüllte er, „es geht nur darum, Kleinbauern in die Abhängigkeit von Konzernen zu treiben und um sonst gar nichts! Geld! Geld! Geld! Die Armen werden aber davon ärmer, die müssen alle ihr Saatgut bei Monsanto oder sonstwo kaufen und sich von denen alles diktieren lassen!" Die plötzliche Lautstärke in seinem Schlafzimmer hatte den Gastgeber aufhorchen lassen.

Martin eilte zu der kleinen Gruppe, ein Bier in der rechten Hand und den Geruch von Marihuana verbreitend. „Was ist hier los?", fragte er und versuchte dabei, seiner Stimme die Autorität eines Hausherrn zu verleihen. Der Versuch scheiterte am alkoholbedingten Lallen. „Wir haben eine kleine Diskussion", teilte Larissa ihm mit. „Das ist keine Diskussion!", stellte der Bärtige in nach wie vor stark erhöhter Lautstärke richtig, „Ich sage den Beiden hier, wie es ist! Die glauben sonst die Lügen von Monsanto! Aber durch die Gentechnik—Pflanzen kommt immer Gift auf die Felder! Und weißt du, warum?" Er hatte während seines Monologs die ganze Zeit nur Martin angesehen und mit dem Zeigefinger auf ihn gedeutet. Jetzt bohrte er ihm diesen Finger in die Brust.

Martin war so betrunken, dass der so auf seinen Oberkörper ausgeübte Druck ausreichte, um ihn nach hinten taumeln zu lassen. „Ich glaube, du gehst jetzt besser, Matze", sagte Martin. Der als Matze angesprochene Gast beachtete die Worte des Partyveranstalters nicht. „Sie pflanzen neue Sorten an, die resistent gegen Gifte sein sollen. Aber die Unkräuter auf dem Acker werden auch resistent, deshalb brauchen sie immer mehr Gift!" Matze brüllte mehr, als das er sprach.

Lukas und Larissa hatten nicht damit gerechnet, dass ein Privatgespräch über ein wissenschaftliches Thema auf einer studentisch geprägten Party eine derart emotionale Reaktion hervorrufen würde.

Martin fing an, ihnen leidzutun, weil er plötzlich damit beschäftigt war, seinen aggressiven Gast loszuwerden, statt sich den Freuden des Suffs zu widmen. Und er war offenbar entschlossen, sich durchzusetzen. „Wenn ich sage, du gehst jetzt, dann gehst du!“ hörte sie ihn, mit nun immer noch schlecht artikulierter, aber deutlich lauterer Stimme erklären. Der Lärm hatte weitere Besucher des Festes angelockt. Darunter drei Kumpels von Martin, die sich in einer Weise positionierten, die deutlich machte, dass sie notfalls helfen würde, Matze aus dem Gebäude nach draußen zu schleifen. Dieser erkannte, dass es für ihn hier nichts mehr zu gewinnen war und knurrte „Ist ja schon gut, aber pass' mir mit dieser Gentechnikschlampe auf.“

Matze drehte sich um und ging Richtung Wohnungstür. Er wirkte gefasst. Kurz vor der Tür hob er eine halbvolle Bierflasche vom Boden auf. Er drehte sich sich um und warf die Flasche in Larissas Richtung. Dann rannte er nach draußen. Die Flasche zersplitterte über ihr an der Wand. Kleine und große Glasscherben verteilten sich im Raum. Die Flüssigkeit spritze durch die Gegend, ein Schwall landete auf Larissas Haaren.

Lukas reagierte und jagte dem Werfer hinterher. Dieser hatte jedoch nicht nur einen erheblichen Vorsprung, er war auch erstaunlich gut zu Fuß. Martins WG befand sich im dritten Stock eines Berliner Altbaus.

Als er selbst gerade erst anfing, die sanierungsbedürftige Holztreppe herunterzulaufen, hörte er unten schon die schwere Hauseingangstür ins Schloss fallen.

Trotzdem gab er nicht sofort auf. Aber als Lukas selbst auf der Straße vor dem Haus stand, war Matze nirgendwo mehr zu sehen. Er hätte noch nicht einmal gewusst, in welche Richtung er ihn hätte verfolgen sollen. Als Lukas unverrichteter Dinge zurückkehrte, lächelte Larissa ihn an.

Auch wenn er nichts hatte erreichen können und sie jetzt nach Bier stank, wusste die junge Journalistin seine Aktion offenbar zu schätzen. Lukas hatte erwartet, dass sie nach dem unerfreulichen Vorfall die Party schnell verlassen wollen würde. Aber sie blieb und sprach mit ihm. Nicht nur über Gentechnik.

Sie redeten über Bücher und über Filme, ihren Vorstellungen von Familie und von Urlaub, was sie an der deutschen Hauptstadt mochten und was sie an ihrer Wahlheimat nur mit Mühe ertragen konnten.

Und etwa zwei Stunden nach dem Larissa beinahe eine Bierflasche ins Gesicht bekommen hatte, küsste sie Lukas. Als sie kurz danach beschloss, nach Hause zu gehen, bot Lukas an, sie bis zu ihrem Fahrrad zu begleiten. An den Fahrradständern vor dem Haus angekommen, mussten beide schockiert feststellen, dass jemand das Fahrrad so schwer beschädigt hatte, dass es sich nicht mehr zum Fahren eignete.

Kapitel 2

Tamara spürte ein Zucken, als sie das Geräusch hörte, mit dem die Faust des kleinen blonden Mannes im Antlitz des bärtigen Hünen landete. Es folgte der Klang eines in zwei Teile zersplitternden Zahnes. Die beiden Kämpfer trugen keinerlei Schutzausrüstung. Nicht einmal die Handschuhe, mit denen Boxer verhindern möchten, sich an den Schädeln ihrer Kontrahenten die Finger zu brechen. Es war stickig und heiß. Die Menge johlte und bekam das geliefert, was sie zu sehen gekommen war: Zwei Männer, die aufeinander einprügeln, bis einer von ihnen von all seinen Kräften verlassen zu Boden gehen würde.

Dem geschätzt 2,10 Meter großen Gegner des Kleinen lief das Blut aus einer geplatzten Augenbraue in sein linkes Auge und behinderte seine Sicht. So eingeschränkt schlug er unkoordiniert wie ein Bär mit seinen Tatzen mit seinen riesigen Pranken nach seinem Gegenüber. Dieses mochte ihm in puncto Kampftechnik überlegen sein – würde er es mit seiner gewaltigen Wucht treffen, würde es diesem Ausmaß an Masse nichts entgegen zu setzen haben. Doch der Blonde entzog sich flink und wendig der Attacke, positionierte sich hinter dem bestimmt 180 Kilogramm schweren Riesen und brachte diesen mit einem gezielten Tritt gegen die Kniekehle ins Taumeln. Einen Augenblick sah es so aus, als würde der Hüne fallen.

Doch er fand sein Gleichgewicht wieder und setzte nun seinerseits seine baumstammartigen Beine im Kampf ein. Und es gelang ihm, sein Knie mitten ins Gesicht des Anderen zu rammen. Diesmal waren es dessen Zähne, die sich auf dem Boden der ehemaligen Kegelbahn verteilten.

Schweiß lief aus allen Poren seines Körpers und vermischte sich am Boden mit den Blutstropfen zu einer roten Flüssigkeit. Der Puls des Kämpfers raste. Wäre es still gewesen, hätte man sein Herz in Rekordgeschwindigkeit pochen hören. Aber es war nicht still. Wie sehr kann ein Buch, ein Film, ein Bild, ja irgendein Kunstwerk die reale Welt beeinflussen?

Das war eine der entscheidenden Fragen, mit denen sich Tamara für die Reportage, an der sie hier arbeitete, befasste. Der 1852 erschienene Roman „Onkel Toms Hütte" etwa, geschrieben von der amerikanischen Autorin Harriet Beecher Stowe, schilderte das Schicksal von damals im Süden der Vereinigten Staaten als Sklaven gehaltenen schwarzen Menschen.

Das Buch verkaufte sich binnen kurzer Zeit mehrere Hunderttausend Mal und gab den Gegnern der Sklaverei großen Auftrieb. Wenige Jahre später bekämpften sich die von den USA abgespaltenen Konföderierten Staaten des amerikanischen Südens, die an der Sklaverei festhalten wollten, und die von Abraham Lincoln geführten Abolitionisten in einem blutigen Bürgerkrieg.

Der Überlieferung zufolge sagte Lincoln 1862 bei einem persönlichen Treffen zu Beecher Stowe „Sie sind also die kleine Frau, die diesen großen Krieg verursacht hat."

Neben religiösen Schriften hatten fraglos auch Bücher wie das gerade einmal 23 Seiten umfassende „Kommunistische Manifest" von Karl Marx und Friedrich Engels und Charles Darwins „Die Entstehung der Arten" Einfluss auf den Lauf der Geschichte. Dem 1915 veröffentlichen Stummfilm „The Birth of a Nation" wird, seit er seinen Weg in die Lichtspielhäuser der Welt fand, vorgeworfen, für das Wiedererstarken des Ku-Klux-Klans zu Beginn des 20. Jahrhunderts verantwortlich zu sein.

Ein wohl berechtigter Vorwurf, wenn man bedenkt, dass der Klan selbst sich auf den Film berief und Symboliken wie das brennende Kreuz aus diesem übernahm. Das Genre der Science-Fiction hat sich dagegen immer wieder durch die Inspiration neuer Erfindungen hervorgetan. Mobiltelefone sah das Publikum erstmals in der Serie „Star Trek" und als es 2011 zu einem Patentstreit zwischen Apple und Samsung kam, wiesen Samsungs Anwälte die Behauptung zurück, Apple habe das Tablet erfunden: Derartige Computer seien bereits in Stanley Kubricks Film „2001 – A Space Odyssey" aus dem Jahr 1968 zu sehen.

Das Stück Zelluloid, das die in diesem Moment von Tamara beobachtete Schlägerei inspiriert hatte, war neueren Datums: „Fight Club" von 1999.

Die Geschichte des schlaflosen

Büroangestellten, der sich ein keine Rücksicht

auf Konventionen jeglicher Art nehmendes

Alter Ego erschafft und mit diesem einen

Untergrundboxclub gründet, aus dem sich eine

Massenbewegung entwickelt, wurde nicht nur

von Millionen Menschen angesehen – er war

auch der Stein des Anstoßes für das Entstehen

weltweiter , meist illegaler, Vereinigungen, in

der Menschen außerhalb der Regeln des

klassischen Kampfsportes aufeinander

einprügelten.

Tamara war es gelungen, einen Fight Club in Berlin aufzuspüren. Obwohl Tamara sich nie als Sportreporterin verstanden hatte, hatte sie beruflich bereits Box- und Mixed Martial Arts-Veranstaltungen besucht. Die Atmosphäre dieser, den Regularien von Sportverbänden unterworfenen Ereignisse, ließ sich nicht mit dem vergleichen, was hier passierte. Anders als in der Filmvorlage konnte sie in der Ansammlung vereinzelte weibliche Gesichter erkennen, aber weit über neunzig Prozent der in dem für ihre Größe viel zu engen Raum zusammengedrängten Masse, waren männlich. Die Hitze und die stickige Luft machten ihr so zu schaffen, dass sie sich in dieser Welt ohne Sitzplätze nur mit Mühe auf den Beinen halten konnte.

Die Anwesenden um sie herum hatten dennoch genug Energie, um zu brüllen und zu johlen, während die Kontrahenten weiter versuchten, sich gegenseitig K.O. zu schlagen.

Tamara mochte keine Gewalt. Die wenigen Boxkämpfe, die sie gesehen hatte, hätte sie ohne journalistischen Auftrag gemieden. Ihr gefielen keine Actionfilme und keine gewalthaltigen Computerspiele. Der Drang, sich anzusehen, wie andere geschlagen, verstümmelt, getötet werden, war ihr fremd. Aber als sie Zeugin wurde, wie der kleine Blonde dem nächsten Hieb seines Gegners auswich und diesem seinerseits so fest in die Magengrube schlug, dass der sich trotz seiner beeindruckenden Muskulatur krümmen musste, empfand sie keine Abscheu. Sie war auch keine neutrale Beobachterin.

Sie wollte Blut sehen und sie wollte sehen, dass der Kleine ungeachtet seiner unterlegenen Konstitution den Kampf für sich entschied.

„Du hast es also gefunden", riss eine vertraute Stimme sie aus ihrem Rausch.

Hatte Stefan schon lange neben ihr gestanden? Es gab keinen Grund über seine Anwesenheit überrascht zu sein. Trotzdem war Tamara von seinem plötzlichen Auftauchen einen Moment lang irritiert.

Kapitel 3

„Ist jemand verletzt worden?", fragte Larissa.
Dr. Vogelsang schüttelte den Kopf. Dem Labor allerdings hatten sie übel mitgespielt. Das Gelände der „Great Crop Company" verfügte durchaus über Sicherheitsmaßnahmen. Der zu DDR-Zeiten als Industriegebiet genutzte Bereich war vollständig eingezäunt. Es gab Kameras, Bewegungsmelder, Alarmanlagen und einen Sicherheitsdienst, der Streife ging. Einer Gruppe mutmaßlicher Aktivisten war es jedoch gelungen, sich Zugang zu verschaffen. Sie zerschnitten den Zaun mit einem Bolzenschneider. Die Kameras erfassten sie, aber alle trugen einheitliche schwarze Kleidung und Sturmhauben. Einige schleppten offenbar schwere Säcke auf den Schultern. Eine spätere Identifizierung anhand der Bilder

würde sehr schwierig werden. In einer offenbar lange vorbereiteten Aktion hatten die Angreifer, bewaffnet mit Baseballschlägern, Brecheisen, Ketten, Laserpointern und Spraydosen genau gewusst, wo sie Schaden anrichten konnten. Sie öffneten Türen, zerschlugen Gewächshäuser und Laborausstattungen. Sie zerrissen Notizbücher und besprühten sie mit Farbe. Computer und Monitore wurden in tausend Teile getreten und das Salz, das sich in den Säcken befunden hatte, streuten sie über die Versuchsfelder. Der Alarm wurde ausgelöst, aber die beiden unbewaffneten Wachmänner sahen sich nicht in der Lage, die martialisch ausgerüstete Übermacht aufzuhalten. Als die Polizei einige Minuten später eintraf, war alles schon vorbei. Die Eindringlinge waren auf Fahrrädern in alle Himmelsrichtungen gleichzeitig geflohen.

Larissa hatte in den vergangenen Wochen mehrfach mit Dr. Vogelsang telefoniert. Bei jedem dieser Gespräche hatte der Biologe einen aufgeräumten Eindruck gemacht, er hatte Fragen präzise und zuvorkommend beantwortet und die Souveränität eines Mannes vermittelt, der die Dinge unter Kontrolle hatte. Jetzt sah er aus, wie jemand, der nur mit Mühe einen Weinkrampf unterdrücken konnte. Larissa schaute betreten zu Boden, weil sie sich unwohl dabei fühlte, dem Wissenschaftler ins Gesicht zu sehen. Lukas hielt ihre Hand.

Sie hatte ihn eingeladen, sie hierhin zu begleiten, noch in der Annahme, dass es hier Gelegenheit geben würde, Interviews zu führen und sich die Experimente der Great Crop Company aus der Nähe anzusehen.

Einen Moment lang fragte sie sich, ob diese Geste der Zärtlichkeit in einem beruflichen Umfeld unangemessen war. Doch noch während sie sich darüber nachdachte, spürte sie, dass sie nicht auf das Gefühl von Lukas' Hand um ihrer verzichten wollte.

Lukas war unsicher, ob sie bereits ein Paar waren. Große Erfolge bei der holden Weiblichkeit hatte er in den letzten Jahren nicht verbuchen können. Einer von gefühlt einer Million sich mit Mühe über dem Existenzminimum haltenden Medienschaffenden in Berlin zu sein, wirkte bei Dates wie das Gegenteil eines Aphrodisiakums.

Seit sein geschätzter Freund und Kollege in der Wüste Mexikos seinen letzten Atem ausgehaucht hatte, hatte er ohnehin wenig Drang verspürt, sich bei irgendeinem Tinder-Treffen Geschichten über Bürostreitigkeiten, Ex-Partner oder Ernährungstrends anzuhören. Die Möglichkeit hingegen, gemeinsam eine Gentechnik-Firma zu besuchen, hätte er niemals ausgeschlagen – zumal es sich um ein auch für das Minerva-Magazin interessantes Thema handelte.

„Haben Sie im Vorfeld Drohungen erhalten?“, wollte Larissa wissen. „Wir erhalten ständig Drohungen. Meistens per Email, manchmal auch per Telefon oder per Post.

Es hat uns auch schon mal jemand ein Paket mit einer toten Katze geschickt, an der er die Ohren einer Ratte genäht hat." Larissa verzog das Gesicht.

„Übrigens führen wir hier keine Tierversuche durch. Wir sind auf Agrogentechnik spezialisiert." „Wissen Sie, wer Ihnen die Drohungen schickt?" „Wir haben nur Vermutungen. Die Polizei hat kein Personal, um sich um so etwas zu kümmern. Seit man das online erledigen kann, wird so ziemlich jeder, der in der Öffentlichkeit steht, mit Beleidigungen und Drohmails überhäuft. Sie können ja froh sein, wenn noch richtig ermittelt wird, wenn jemand ihr Auto abfackelt." „Ist Ihnen das passiert?" Vogelsang schüttelte den Kopf. „Aber ich halte auch alles geheim.

Meinen Wohnort, meine Telefonnummer, meinen Familienstand." Dem hageren Mann, der mit seiner randlosen Brille und seinem schütteren Haar wie der Prototyp eines Wissenschaftlers aussah, gelang es nach und nach, zu einem selbstsicheren Auftreten zurückzukehren.

Auch wenn er die dunklen Ränder unter seinen Augen nicht verbergen konnte und seine Hände leicht zittrig wirkten, redete er wieder mit fester Stimme. „Ich habe den Termin mit Ihnen trotz des Angriffs bewusst nicht abgesagt", erläuterte er, „nur teilweise, weil ich Ihnen auch zeigen wollte, mit was wir uns hier auseinandersetzen müssten

Vor allem möchte ich Ihnen zeigen, worum es hier eigentlich geht. Die Leute halten uns für Frankensteins, nur geldgieriger.

Aber wir machen hier nichts anderes als das, was clevere Bauern seit Jahrtausenden tun: Wir suchen Mittel und Wege, um die Erträge der Landwirtschaft zu verbessern. Um Christi Geburt herum lebten auf der ganzen Welt ungefähr 200 Millionen Menschen – weniger als heute in Nigeria. Um 1800 wurde die erste Milliarde erreicht, die zweite 1927. 1999 waren es sechs Milliarden, wissen Sie, wo wir jetzt sind?" „7,8 Milliarden." „So sieht's aus. Und alle wollen satt werden. Und es werden auch immer mehr satt. Ist Ihnen der Welthunger-Index ein Begriff?" Larissa nickte. Obwohl angesichts der zu erfüllenden Deadlines, des Arbeitspensums und der Konkurrenz eine umfassende Recherche oft wie ein Ding der Unmöglichkeit erschien, legte sie großen Wert auf Vorbereitung.

Unterschwellige Anfeindungen anderer Redakteure, weil sie deshalb länger für ihre Arbeit brauchte, gab es immer wieder. Aber wem nützte Journalismus ohne Erkenntnisgewinn?

Der Welthunger-Index (WHI) ist ein vom International Food Policy Research Institute und der Welthungerhilfe entwickeltes Instrument, um die Hungersituation sowohl weltweit als auch regional zu erfassen und zu verfolgen. Er setzt sich aus den Indikatoren „Sterblichkeitsrate von Kindern unter fünf Jahren", „Verbreitung von Auszehrung bei Kindern", „Verbreitung von Wachstumsverzögerung bei Kindern" und Anteil der Unterernährten".

Ein Hungerwert kleiner als 10 gilt dabei als niedrig, einer zwischen 10 und 20 als mäßig, zwischen 20 und 35 als ernst, zwischen 35 und 50 als sehr ernst und ein Wert von 50 oder mehr als gravierend. „1990 lag der WHI-Wert bei 35,4", fuhr Vogelsang fort, 2000 bei 29,9, 2010 bei 23, 2019 sind wir bei 20 angekommen.

Wenn wir noch weiter zurückgehen wollen, müssen wir uns die Zahlen der Toten durch Hungersnöte ansehen. In den 1910er Jahren etwa verhungerten 27 Millionen Menschen, auch Mitte des 20. Jahrhunderts bewegten sich die Zahl der Hungertoten pro Jahrzehnt oft noch im zweistelligen Millionenbereich

– das war in erheblichem Maße politischen Entwicklungen wie dem Vorgehen der chinesischen Kommunisten bei Maos großem Sprung nach vorn oder dem Terror der Roten Khmer in Kambodscha geschuldet. Im gesamten 21. Jahrhundert sind dagegen weniger als eine Millionen Menschen verhungert und das dauert jetzt schon fast zwei Jahrzehnte."

Dirk Vogelsang hatte seine Hausaufgaben gemacht. Larissa stellte ihn sich in einer Talkshow vor. Würde es ihm gelingen, bei „Hart aber fair" oder bei „Maischberger" seinen Standpunkt zu vertreten? Würde man ihn ausreden lassen und ihm zuhören?

Oder wäre er alleine gegen fünf bis sechs
Gegner, verbündet mit dem Moderator, die ihn
niederschreiend ihm nicht die Chance gäben,
auch nur eins seiner Argumente anzubringen?
Redselig war der Wissenschaftler durchaus.
„In Bangladesch sind wir besonders aktiv“,
erzählte er, „dort lag der WHI-Wert noch zur
Jahrtausendwende bei 36,1, bis 2019 ist er bei
25,8 angekommen.

Besonders bemerkenswert ist hier die Senkung
der Wachstumsverzögerung in den letzten
Jahrzehnten. Dabei ist die Bevölkerungszahl
dort in den vergangenen zwanzig Jahren um
ca. 30 Millionen gestiegen.“ Lukas war nicht
sicher, ob es ihm zustand, hier kritische Fragen
zu stellen. Er war nur Gast hier, es war nicht
sein Interview.

Aber einige brannten ihm auf der Zunge. Inwiefern hatte die Verbesserung der Ernährungssituation in Bangladesch etwas mit Grüner Gentechnik zu tun? Vogelsangs Arbeitgeber war ein gewinnorientiertes Unternehmen, keine Wohltätigkeitsorganisation – die Firma würde ihr Saatgut verkaufen wollen, doch wer würde sich das leisten können? Welche Konsequenzen hätte dies für die Kleinbauern, die in Entwicklungsländern nach wie vor einen großen Teil der Population ausmachten – und deren Bedeutung für die Ernährung der Welt nicht unterschätzt werden sollte? Larissas Gedankengänge waren nicht allzuweit von denen ihres Begleiters entfernt.

„Auch in Bangladesch handelt es sich bei der Nutzung von GVOs in der Landwirtschaft nur um Versuche, die erst seit ein paar Jahren betrieben werden.

Die Verbesserungen werden in erster Linie auf das Wirtschaftswachstum und die damit verbundene bessere Gesundheits- und Sanitärversorgung zurückgeführt. Was hat das mit der Arbeit der Great Crop Company zu tun?", hörte er sie sagen. „Bisher noch sehr wenig. Aber das wird nicht so bleiben. Trotz der Erfolge ist die Hungerlage dort immer noch ernst – das gilt auch für viele andere Länder, vor allem in Afrika. Das wollen wir ändern.

Wenn immer mehr satt werden sollen und das auf kleineren Flächen und mit weniger Pestiziden geht dies nur, wenn wir entsprechend effizientere Pflanzen entwickeln.“

Kapitel 4

Stefan war nur sieben Jahre älter als Tamara. Aber seine auf wenige Millimeter kurz geschnittenen Haare waren bereits vollständig ergraut. Sein Gesicht zeigte Linien, die sich schon bald in die tiefen Falten eines alten Mannes verwandeln würden – zumindest, wenn dem Söldner tatsächlich ein hohes Alter vergönnt sein sollte.

Stefan hatte sein Leben mit Kämpfen verbracht. Bereits als Siebzehnjähriger hatte er sich bei der Bundeswehr verpflichtet und anschließend vier Jahre in einer Fallschirmjägereinheit gedient – drei Monate Auslandseinsatz im Kosovo inklusive. Das ganz große Abenteuer war dennoch ausgeblieben.

Dienstvorschriften und TÜV-Plaketten hatten
für seinen Geschmack bei der deutschen
Armee zu viel Raum eingenommen. Nach
seiner Dienstzeit trat er unter Zuhilfenahme
seiner gebrochenen Französischkenntnisse aus
dem Realschulunterricht der Fremdenlegion
bei. Als einer von nur wenigen Deutschen
unter Osteuropäern, Asiaten und Afrikanern,
gelangte er nach Afghanistan, in die
Elfenbeinküste und in den Tschad. Die Hitze,
die Gefechte, das Töten, der Anblick und
Gestank der verwesenden Leichen gehörten zu
seiner Normalität. Weder wäre es ihm in den
Sinn gekommen, nach einem anderen Leben
zu suchen noch litt er unter Angstzuständen.

Um mehr Geld zu verdienen, heuerte er nach seiner ehrenhaften Entlassung aus der Legion bei einem privaten Sicherheitsdienst an, der Personenschutz in Krisenregionen zur Verfügung stellte.

Bald konnte er es sich leisten, große Teile des Jahres in seiner brandenburgischen Heimat zu verbringen und den Garten seiner neu erworbenen Immobilie zu pflegen. Und zeigte ein immer irrationaleres Verhalten. Er installierte so viele Bewegungsmelder auf seinem Grundstück, dass jeder in den Abendstunden vorbeikommende Jogger eine an einen Christbaum erinnernde Beleuchtung auslöste. Das gesamte Gelände umzäunte er mit Stacheldraht – einschließlich der Haustür, was es dem Briefträger unmöglich machte, ihm Post jedweder Art zuzustellen.

Die beiden aggressiven Rottweiler, die er sich anschaffte, sorgten dafür, dass der Postzusteller ohnehin keine Lust verspürte, auf Stefans Anwesen seiner Berufung nachzugehen.

Es waren die Rottweiler, die ihn auf den Adler aufmerksam machten. Ein Steinadler, wie er in Deutschland eigentlich nur noch in den Alpen vorkam, kreiste über seinem Haus und seinem Garten.

Stefan holte ihn mit einem gezielten Schuss vom Himmel. Der tote Vogel fiel jedoch nicht auf sein Grundstück, sondern ruinierte Kleid, Frisur und Gemütszustand des achtjährigen Nachbarmädchens, das sich in der Nähe beim Seilspringen vergnügt hatte.

Die in der darauffolgenden Nacht
durchgeführte Zwangseinweisung war die
minutiösest geplante Polizeiaktion in der
Geschichte der kleinen brandenburgischen
Gemeinde. Die lokalen Sicherheitsbehörden
hatten Stefan als so gefährlich eingeschätzt,
dass sie ein SEK-Team angefordert hatten. Er
leistete indes keinen Widerstand.

Der anschließende Psychiatrieaufenthalt war
es, bei dem er Alice kennenlernte - und Alice'
Schwester Tamara. Hätte er Tamara unter
anderen Umständen erstmals gesehen, hätte er
sie wahrscheinlich attraktiv gefunden. Mit
ihren langen, dunklen Haaren, ihrer schlanken
Statur und ihrer glatten Haut qualifizierte sie
sich mindestens für die Bezeichnung
„hübsch".

Es waren die stets präsenten Sorgenfurchen und Schatten unter den Augen, die den Betrachter davon abhielten, Tamara als schön zu bezeichnen. Selten war in dieser Zeit ein Tag vergangen, an dem sie Alice nicht besucht hatte. Manchmal war es ihr dabei gelungen, mit ihrer Schwester Gespräche zu führen. Hin und wieder hatten sie sogar Karten gespielt. Doch oft hatte Alice nur in ihrem Bett gelegen und die Decke angestarrt. Auf Fragen hatte sie mit Knurren oder Schulterzucken, bestenfalls mit „Ja", „Nein" oder „weiß nicht" reagiert. Tamara nahm sich Pausen von diesen wenig ergiebigen Konversationen. Im Aufenthaltsraum der psychiatrischen Klinik genehmigte sie sich den Cappuccino mit doppelter Sahne, den Besucher für 1,50 Euro am Automaten des Krankenhauses kaufen konnten.

Sie hatte dort immer wieder allein gesessen –
bis zu dem Tag, an dem Stefan gefragt hatte,
ob er sich zu ihr setzen dürfe. Hatte sie ihn
attraktiv gefunden? Sie konnte sich nicht
erinnern. Hätte sie jemand gefragt, hätte sie
einen Flirt mit einem Psychiatriepatienten
rigoros abgelehnt.

Zu oft war ihre Schwester ihr gegenüber
ungerecht und ausfallend gewesen, nur um sie
kurz darauf in Hilflosigkeit um Unterstützung
anzuflehen, als dass sie nur für den Hauch
eines Augenblickes einen Partner mit
ähnlichen Problemen akzeptiert haben könnte.
Sie hatte ihn aus reiner Höflichkeit angelächelt
und „Natürlich" gesagt. Trotz Stefans Status
als Patient hatte sie das anschließende
Gespräch mit ihm fasziniert.

In den folgenden Wochen hatte der sonst so schweigsame Ex-Soldat und Ex-Söldner ihr seine Lebensgeschichte erzählt – obwohl er wusste, dass sie Journalistin war. Bis auf die Namen und die Herkunftsstädte seiner früheren Kameraden ließ er kaum ein Detail, kaum eine Anekdote aus. Geschwätzigkeit war seine Sache nicht. Großmäuler mit Stimmbändern im Dauereinsatz waren ihm zu genüge bekannt.

Möchtegern-Rambos, die sich selbst zu Killermaschinen erklärten, Don Juans, die noch im abgelegensten Feldlager keine Nacht allein verbrachten, Hobbyärzte, die dank ihrer Kenntnisse als Sanitätshelfer unter Feindbeschuss lebensrettende Operationen vorgenommen hatten, verkannte Genies, die lediglich von den Verpflichtungen des militärischen Lebens davon abgehalten wurden, den Physik- und den Friedensnobelpreis gleichzeitig zu gewinnen. Stefan hatte sich derartigen Gesprächen wann immer möglich entzogen. Zuverlässigkeit, Reaktionsschnelligkeit und ein kühler Kopf waren die Eigenschaften, die ihm in seinem Umfeld Respekt und Anerkennung verschafft hatten. Wer jemandem zum Reden suchte, für den fanden sich Alternativen.

Dabei wussten selbst die schlimmsten Opfer des Sprechdurchfalls, dass Journalisten mit äußerster Vorsicht zu genießen waren. Verdrehungen, Falschdarstellungen, Geheimnisverrat, allerlei Gefahren lauerten für jeden, der einen Reporter an seinen Erfahrungen teilhaben ließ.

Aber Tamara stellte kaum Fragen. Sie sah ihn an und hörte ihm zu und es sprudelte aus ihm heraus. Den Therapeuten, die ihn behandeln sollten, gelang es kaum, ihm ein Wort aus der Nase zu ziehen. Aber der Kontakt zu Tamara stabilisierte ihn. Nach und nach stellte sich bei ihm ein Gefühl ein, dass für lange Zeit in seinem Leben keine Rolle gespielt hatte: Er freute sich, sie zu sehen. Und er freute sich, mitzuerleben, wie es auch Tamaras Schwester Alice langsam besser ging.

Obwohl ihre Beziehung platonisch blieb, hielt er mit Tamara nach seiner Entlassung regelmäßigen Kontakt – und er zögerte nicht, ihr eine Reportage über die Untergrund-Fightclubs zu ermöglichen, als sie darum bat. Sie hatte von ihm die Hinweise erhalten, wo sie suchen musste – trotzdem hatte sie nicht erwartet, Stefan persönlich hier zu treffen.

„Willst du ein Bier?", fragte er. „Cola", antwortete Tamara. Es gab weder ein Gesetz noch einen Ehrenkodex, der Journalisten daran gehindert hätte, während der Ausübung ihrer Pflicht Alkohol zu trinken. Ein Schnaps nach dem Essen förderte oft nicht nur die Verdauung, sondern auch interessante Geheimnisse ans Tageslicht.

Beim gemeinsamen Bier oder Cocktail mit
Politikern, Managern, Verbrechensopfern oder
Gewerkschaftlern ließ sich mehr erfahren als
bei einer Pressekonferenz oder einem
Interview, selbst als bei einer Homestory. Aber
Tamara war keine große Trinkerin und wer
nichts vertrug, der blieb mit dieser Strategie
schnell in unangenehmer Erinnerung und hatte
womöglich eher pikante Details seines eigenen
Privatlebens ausgeplaudert als verwertbare
Informationen gesammelt. Stefan reichte ihr
ein Glas des braun gefärbten Zuckerwassers.
Sein Gesicht war so unlesbar wie bei ihrem
ersten Zusammentreffen. Dennoch schien er
den Kampf aufmerksam zu beobachten. Es
wurde immer deutlicher, dass der Blonde dem
Riesen technisch überlegen war.

Noch hatte er es aber nicht geschafft, mit seiner Finesse den Sieg zu erringen – denn sein Gegner hatte selten gesehene Nehmerqualitäten. Es sah aus, als würden Schläge und Tritte wirkungslos an ihm abprallen wie an Bud Spencer in einem seiner alten Filme. Dass Abwehren mit seinen gewaltigen Tatzen allerdings, gelang ihm praktisch nicht mehr, noch weniger das Austeilen. Der Kleine tänzelte um ihn herum und verpasste ihm einen nach dem anderen. Als der Hüne von einer Sekunde auf die andere wie ein nasser Sack zusammensackte, spürte Tamara das Vibrieren ihres Handys in ihrer Tasche.

Kapitel 5

Östlich von Indien liegt Bangladesch. Heimat von mehr als 160 Millionen Menschen. Aufgrund ihrer muslimischen Bevölkerungsmehrheit wurde die historisch zu Bengalen gehörende Region 1947 bei der Teilung Britisch-Indiens unter dem Namen Ostpakistan der Islamischen Republik Pakistan zugeschlagen. Von Anfang an war das Verhältnis zwischen West- und Ostpakistan gespannt. Ein Wahlsieg der säkular ausgerichteten und Autonomie für den Osten fordernden Awami-Liga veranlasste 1971 die Militärmachthaber in Islamabad, den bengalischen Unabhängigkeitsbestrebungen mit Gewalt zu begegnen.

Der anschließende Bangladesch-Krieg dauerte
nur wenige Monate, kostete aber ca. drei
Millionen Menschen das Leben.

Islamistische Milizen verübten Massaker an
der Zivilbevölkerung, insbesondere an
Unterstützern der Awami-Liga und
Angehörigen religiöser Minderheiten, vor
allem Hindus. Etwa 30 Millionen
Bangladescher wurden aus ihren Häusern
vertrieben, um die zehn Millionen flohen ins
benahbarte Indien.

Vergewaltigung wurde von den Milizen gezielt als Waffe eingesetzt. Zwischen 200.000 und 400.000 bengalische Frauen waren davon betroffen. Die Vergewaltigungen fanden oft öffentlich statt, die Familien der Opfer mussten zusehen. Erst eine militärische Intervention Indiens führte eine Entscheidung zugunsten der Unabhängigkeitsbewegung herbei. Am 16. Dezember 1971 kapitulierten die westpakistanischen Einheiten. Der aus dem ehemaligen Ostpakistan neu entstandene Staat gab sich den Namen Bangladesch. Auch nach dem Krieg machte das Land vor allem mit Schlagzeilen von sich reden, die nicht unbedingt zu einer Urlaubsreise einluden. Mehrfach kam es zu Militärputschen und bewaffneten Aufständen.

Ernährungssicherheit ist nach wie vor nicht gegeben, ca. 85 Prozent der Erwerbstätigen arbeiten unter prekären Bedingungen, Kinderarbeit ist weit verbreitet. Und obwohl der Aufstieg der Textilindustrie für viele Menschen eine neue Existenzgrundlage geschaffen hat, sind die Arbeitsbedingungen in vielen Fabriken weltweit berüchtigt: 2012 starben angesichts mangelhafter Brandschutzvorkehrungen über 100 Arbeiter beim Brand der Tazreen-Kleiderfabrik.

Trotzdem war das, was Lukas von seinem Fensterplatz aus beim Landeanflug auf den Flughafen der Hauptstadt Dhaka erkennen konnte, keine Ansammlung von Slums. Neben den stark befahrenen Straßen erhoben sich riesige Bürogebäude mit gläsernen Fensterfronten.

Mehrgeschossige Straßen prägten das Bild von oben ebenso wie das Glitzern der Swimmingpools in luxuriösen Hotels und den von der Oberschicht bewohnten Apartmentkomplexen.

Die kleinen, aber mit erstaunlich großen Personenzahlen besetzten Boote, die auf dem Fluss Buriganga fuhren, erinnerten an Venedig.

Dr. Dirk Vogelsang hatte Lukas und Larissa eingeladen, sich vor Ort ein Bild von den Aktivitäten der Great Crop Company in Bangladesch zu machen. Trotz der Aussicht auf eine interessante Reise hatten sie kurz gezögert. Denn die Firma würde Flug- und Hotelkosten für sie übernehmen und den Eindruck gekaufter Berichterstattung wollten sie um jeden Preis vermeiden.

Vogelsang hatte ihnen jedoch schriftlich zugesichert, dass sich für sie keine Verpflichtungen ergeben würden. Lukas war sich darüber im Klaren, dass es in dieser Welt dennoch nichts gratis gab. Die Great Crop Company würde die Text von Larissa und ihm nicht vor der Veröffentlichung überprüfen. Es waren keine Absprachen vorgesehen. Und außer im Falle falscher Tatsachenbehauptungen hätte das Unternehmen auch im Nachhinein keine Handhabe, gegen die Reportage vorzugehen, egal, ob sie positiv oder negativ ausfallen würde. Aber kleine Gefallen erhielten die Freundschaft – und konnten die Integrität eines Journalisten ernsthaft gefährden. Lukas erinnerte sich noch gut an die nicht lange zurückliegende Zeit, in der er als Freiberufler kaum über die Runden gekommen war.

Immer wieder hatte er sich in Nebenjobs selbst gedemütigt. Als Elch verkleidet hatte er versucht, neue Kunden für ein Möbelkaufhaus zu gewinnen – im kalten Winter unter dem dicken Stoffkostüm schwitzend, hatte er nach diesem nur bedingt lukrativen Einsatz zwei Wochen mit Bronchitis im Bett gelegen. Hätte er sich damals kaufen lassen? Hätte er Gefälligkeitsartikel und fabrizierte Reportagen geschrieben, wenn jemand ihm gutes Geld dafür geboten hätte? Wenn man in Goethes berühmtem Zitat „Verwechsle nie Enthaltsamkeit mit Mangel an Gelegenheit" die Enthaltsamkeit mit Unbestechlichkeit ersetzte gab man dem Spruch zwar einen anderen Sinn, veränderte jedoch nichts an seinem Wahrheitsgehalt. Hatte jeder Mensch einen Preis? Letzten Endes hatte niemand versucht, Lukas zu kaufen.

Zwar hatte er gelegentlich Werbetexte geschrieben, aber die waren als solche gekennzeichnet. Jetzt war er entschlossen, über alles, was er in Bangladesch sehen würde, wahrheitsgemäß zu berichten – im Guten wie im Schlechten. Er sah Larissa an und fragte sich, was in Larissas Kopf vorging. In diesem Moment war das möglicherweise nicht viel – an Flugangst leidend hatte sie eine Beruhigungstablette genommen und döste vor sich hin. Als sie spürte, wie das Fahrwerk des Flugzeugs auf die Landebahn aufsetzte und sich unter den Passagieren allgemeine Erleichterung breitmachte, schreckte sie kurz hoch und griff nach Lukas' Hand. „Wir sind in Bangladesch", sagte sie. Lukas nickte. Natürlich gab es keinen Grund, das Offensichtliche in Worte zu fassen.

Dennoch fühlte sich diese Art der Bestätigung gelegentlich gut an. Mit ca. sechs Millionen abgefertigten Fluggästen und um die 500.000 Tonnen transportierter Luftfracht im Jahr handelt es sich beim Shahjalal International Airport um einen im weltweiten Vergleich eher kleinen Flughafen. Die Flughäfen im amerikanischen Atlanta und im chinesischen Beijing kommen jeweils auf jährliche Passagieraufkommen von über 100 Millionen.

Trotzdem lieferte die Landung dort für Lukas und Larissa einen Vorgeschmack auf das, was sie in Bangladesch erwarten würde: Überall waren Menschen. Es wurde verkauft und gekauft, Waren aller Art wurden angeliefert:

Früchte, Reis Kaffee, Schokolade, Säfte, Souvenirs, Kleidung, Zeitschriften, Blumen und Spielzeuge, es wurde eifrig diskutiert und gefeilscht, so etwas wie eine ruhige Ecke gab es nicht.

Das junge deutsche Paar hatte seine Mühe damit, sich durch das Gedränge zu schlängeln. „Wann ist morgen unser erster Termin?", fragte die immer noch schläfrige Larissa und musste brüllen, damit Lukas sie verstand. „Morgen früh um neun Uhr." Nach einer kurzen Rast im Hotel würden ihnen einige arbeitsreiche Tage bevorstehen. Kaum ein Land der Welt zeichnet sich durch so große Gentechnikfreundlichkeit wie Bangladesch aus.

In Deutschland verhinderte der damalige hessische Staatsminister für Umwelt und Energie, Joschka Fischer, in den 1980er Jahren eine in Frankfurt am Main geplante Anlage der HoechstAG zur Herstellung von Humaninsulin mit gentechnischen Verfahren.

Während betroffene Patienten ihre Medikamente aus dem Ausland bezogen, erklärte Fischers Partei Bündnis 90/Die Grünen noch 1997„Bündnis 90/Die Grünen lehnen Gentechnik grundsätzlich und für alle Anwendungsbereiche ab. Wir wollen deshalb die Gentechnik zurückdrängen.“ In den darauffolgenden Jahren schwächte sich der Widerstand gegen die in der Medizin eingesetzte, Rote Gentechnik, immer mehr ab.

2017 waren in der Bundesrepublik 173 gentechnisch hergestellte Wirkstoffe zugelassen. Die in der Landwirtschaft verwendete, Grüne Gentechnik, fungiert hingegen weiterhin als beliebtes Feindbild. Lebensmittelhersteller werben mit dem Siegel „Ohne Gentechnik" als handele es sich um einen Qualitätsstandard. Zu finden ist es vor allem auf wenig verarbeiteten, tierischen Lebensmitteln wie Fleisch, Milch und Eiern.

Als Ausnahmen lässt das Siegel bei diesen Lebensmitteln zu: bestimmte, mit gentechnisch veränderten Mikroorganismen Futtermittelzusätze, zum Beispiel Enzyme, Vitamine oder Aminosäuren, mit gentechnisch veränderten Mikroorganismen hergestellte Tierarzneimittel und Impfstoffe, „zufällige, technisch unvermeidbare" Beimischungen von zugelassenen, gentechnisch veränderten Pflanzen, sofern ihr Anteil nicht 0,9 Prozent übersteigt und gentechnisch veränderte Futterpflanzen sofern sie nicht innerhalb der vorgeschriebenen Mindestzeiten vor der Verwertung der Tiere, bei Schweinen beispielsweise die letzten vier Monate vor der Schlachtung, eingesetzt werden.

Bei anderen Lebensmitteln und Zutaten sind als Ausnahmen nur Pflanzen, die mit den klassischen Verfahren der Mutationszüchtung wie radioaktiver Bestrahlung hergestellt wurden, mit gentechnisch veränderten Mikroorganismen produzierte Zusatzstoffe, bei der diese Stoffe nicht in der letzten, sondern in einer vorgelagerten Herstellungsstufe genutzt wurden und zufällige Beimischungen unterhalb von 0,1 Prozent zulässig. Deshalb ist das „Ohne Gentechnik"-Siegel auf stark verarbeiteten Produkten sehr viel seltener zu finden. Der Anbau aller bekannten, nach modernen Verfahren gentechnisch veränderten Pflanzen ist derzeit in Deutschland verboten oder es liegt kein Zulassungsantrag vor.

Bangladesch gestattete 2013 das Anpflanzen von gentechnisch modifizierten Bt-Auberginen. Ziel der Modifikation ist Immunität gegen den Auberginenfruchtbohrer, einem in Südostasien weit verbreiteten Schädling. Das benötigte Saatgut wurde 2014 an 20 Bauern ausgegeben. 2018 wurde es von 27.000 bangladeschischen Kleinbauern genutzt. Eine Zulassung des kommerziellen Anbaus von mit Vitamin A angereichertem Goldenem Reis, wird für 2021 erwartet. Freilandversuche hierfür werden seit Jahren durchgeführt, auch an Kartoffelsorten wird geforscht. Die Regierung erklärte, sie werde ihre Politik auf wissenschaftliche Erkenntnisse stützen und dass Biotechnologie eine Rolle dabei spielen könne, dafür zu sorgen, dass kein Bürger des Landes mehr Hunger leiden müsse.

Doch auch in Bangladesch wurde diese Position nicht von jedem geteilt. Lukas und Larissa waren auf dem Weg zu einem der erklärten Gegner der Nutzung gentechnisch veränderter Pflanzen.

Der Taxifahrer hatte die Musik voll aufgedreht. Lukas hätte indische Klänge erwartet, vergleichbar mit jenen, zu denen in Bollywoodstreifen diverse Tänze aufgeführt wurden. Aber es handelte sich eindeutig um Slayer. Sie erreichten ein Stadtviertel, zu dessen Häusern die Bezeichnung Paläste besser gepasst hätte. Zu kunstvollen Figuren getrimmte Hecken waren in einigen Vorgärten zu sehen. Hohe Bürogebäude mit riesigen Fensterfronten prägten das Bild. Nur in wenigen Straßenecken baten Obdachlose um eine milde Gabe.

In dieser Gegend befanden sich nicht nur die Wohn- und Arbeitsstätten der Reichen und des gehobenen Mittelstandes, sondern auch der Hauptsitz des Vereins von Basu Ahmed. 1971 als fünfter Sohn eines Soldaten, der noch vor seiner Geburt fiel, und einer Näherin, die nie lesen und schreiben gelernt hatte, geboren, wusste Basu sehr genau, wie sich ein leerer Bauch anfühlt. Obwohl es in seinem Elternhaus an vielen Tagen nur eine, dazu noch kärgliche, Mahlzeit gab, schickte seine Mutter ihn zur Schule. Sie schlug ihn, wenn er nicht genug Zeit mit Lernen verbrachte und sparte sich das Geld für seine Bücher buchstäblich vom Munde ab. Und tatsächlich trugen ihre Bemühungen Früchte: Basu bekam ein Stipendium für eine Privatschule.

Der Sohn einer Analphabetin wurde zwischen den Nachkommen von Ärzten, Richtern, hohen Offizieren und Politikern größtenteils in englischer Sprache in Mathematik, Wissenschaften und Literatur unterrichtet. Freunde fand er in dieser Umgebung keine, zu fremd war ihm der Lebensstil seiner Klassenkameraden, die mit ihren eigenen Pferden Polo spielten, importierte Zigaretten rauchten und Schallplattenspieler besaßen, während er maximal mit seinen Brüdern einen notdürftig geflickten Ball gegen eine Hauswand kickte. Umso mehr konzentrierte er sich auf den Unterrichtsstoff. Immer ein Ziel vor den Augen: Kein Bengale sollte jemals wieder Hunger leiden.

Basu studierte Biologie und Chemie, erlangte in beiden Fächern einen Masterabschluss und wurde in beiden promoviert. Nach seinem Abschluss arbeitete er für Biotechnologiekonzerne in den USA und in Deutschland. Er forschte an Möglichkeiten, landwirtschaftliche Erträge mithilfe Grüner Gentechnik zu verbessern. Als reicher Mann kehrte er in seine Heimat zurück. Ursprünglich von der Great Crop Company als Berater angeheuert, verfolgte er inzwischen eine andere Absicht: Sein Verein „Green Food, no Gene Food", setzte sich für ein Ende des Einsatzes entsprechender Technologien ein.

Drei bewaffnete Männer bewachten den
Eingang von Basu Ahmeds Anwesen. In
freundlicher, aber bestimmter Art begrüßten
sie die ausländischen Gäste, baten sie, ihre
Taschen kontrollieren zu dürfen und boten
ihnen anschließend an, mit einer Auswahl an
Getränken versorgt, auf zwei
Kunstledersesseln zu warten.

Kapitel 6

Alice hatte sich die Pulsadern aufgeschnitten. Nicht quer, sondern längs, wie ein Mensch, der tatsächlich sterben wollte. Sie hatte viel Blut verloren. Trotzdem würde sie leben, hatten die Ärzte Tamara versichert. Aber es war erforderlich gewesen, ihre Schwester in ein Künstliches Koma zu versetzen. Sie hielt Alice' rechte Hand, während ihr lautlose Tränen die Wangen hinunterliefen. Auf der anderen Seite des Bettes saß Christopher. Unter seinen Augen, war auf seiner braunen Haut, die an seinen afroamerikanischen Vater erinnerte, ebenfalls ein Glanz zu erkennen. Trotzdem versuchte er, den Eindruck eines Mannes zu vermitteln, der die Situation im Griff hatte. „Hast du damit gerechnet?", fragte Tamara. Christopher schüttelte den Kopf.

„Im Gegenteil. Es schien ihr in letzter Zeit immer besser zu gehen. Sie hat jeden Tag für uns frisch gekocht, viel an ihrer Reportage gearbeitet, sich mit Freundinnen getroffen.“

„Ich dachte auch, es würde ihr besser gehen.“

„Ist nicht das erste Mal, dass wir uns geirrt haben.“ Tamara nickte. Manchmal hasste sie ihre Schwester. Es war ein Gefühl, das sie in den Momenten überkam, in denen sie nicht ertragen konnte, wie viel Aufmerksamkeit Alice auf sich zog. In denen ihr Gedanken durch den Kopf gingen, wie, dass die Frau in dem Bett vor ihr weder an Krebs noch an Muskelschwund noch an Elephantiasis noch an sonst einer unheilbaren Krankheit litt.

Sie wand sich nicht vor Schmerzen. Sie saß nicht im Rollstuhl. Sie benötigte weder eine Magensonde noch einen künstlichen Darmausgang, nicht einmal auf Krücken oder ein Hörgerät war sie angewiesen.

Dann wollte Tamara sie schütteln und ohrfeigen, ihr schreiend zu verstehen geben, dass sie sich zusammenreißen solle. Aber wenn sie sie jetzt betrachtete, hilflos vor ihr liegend, von einer Maschine am Leben gehalten, empfand sie nur einen Wunsch: dass ihre Schwester überleben möge und dass es ihr bald besser gehen würde. Christoph hatte gewusst, worauf er sich einließ, als er seine Beziehung mit Alice erneuerte.

Er hatte Bücher über den Umgang mit psychisch Kranken gelesen, mit Therapeuten gesprochen und sich einer Selbsthilfegruppe angeschlossen.

Und er hatte in den vergangenen Monaten geglaubt, er sei dabei, die Früchte seiner Bemühungen zu ernten. Wer sie in letzter Zeit erst kennengelernt hätte, hätte nicht einmal geahnt, dass sie auf eine lange Geschichte von Klinik- und Couchaufenthalten zurückblickte. Sie hatte ihn nicht gewarnt. Sie hatte keinen Abschiedsbrief geschrieben. Welche Bedeutung also hatte ihre Beziehung für sie? „Offenbar habe ich ihr keine Stabilität geben können“, sagte er. Es klang verbittert. Tamara war froh, dass er da war. Ihre Eltern befanden sich ebenfalls auf dem Weg nach Berlin.

Aber ihrem Vater war erst vor vier Wochen ein Tumor entfernt worden. Sie würden nicht lange bleiben können, da er nach wie vor auf die medizinische Versorgung bei dem ihm vertrauten Ärzten in seiner schwäbischen Heimat angewiesen war und seine Frau ihn stets begleitete.

Ursprünglich hatte Tamara in Erwägung gezogen, ihre Eltern nicht zu informieren. Ein Gespräch mit einer Ärztin hatte sie von dieser Idee abgebracht.

„Es spielt keine Rolle, wie alt oder krank ihre Eltern sind oder wie weit sie fahren müssen. Sie wollen wissen, wie es ihrer Tochter geht.“ War das so? Verdienten sie nicht, dass man sie schonte und ihre erwachsenen Töchter ihre Angelegenheiten selbst regelten?

Tamara war zu dem Schluss gekommen, dass das nicht ihre Entscheidung war. Jetzt spürte sie, dass sie weg vom Krankenbett musste. Zumindest für einen Moment. „Willst du einen Kaffee trinken gehen?", fragte sie Christopher. Der stimmte zu. Er wollte nicht länger auf die Kabel und Schläuche starren, ohne die er in diesem Moment Single wäre. Das Krankenhaus verfügte über eine ansprechend gestaltete Cafeteria. Nichts sollte hier an Siechtum, Schmerzen und Tod erinnern. Der Betreiber hatte jahrelang Szenekneipen und trendige Cafés unterhalten. Diese Projekte hatten sich mal mehr, mal weniger rentiert – aber jedes Mal hatte er etwas dazu gelernt.

Jetzt saßen Tamara und Christopher auf einem Sofa, dass an die Einrichtung eines Starbucks oder an die eines der Nachahmer der Kaffeehauskette erinnerte.

Über ihnen hing das Bild eines modernen Künstlers, in dessen Linienführung sich der Einfluss Pablo Picassos nicht leugnen ließ. Die andere Seite des Raumes schmückte ein klassisches Gemälde, „Die Anatomie des Dr. Tulp“, allerdings als Druck, nicht als Original. Tamara nahm einen Schluck Cappuccino aus einer schlichten Keramiktasse in grüner Farbe. Der Kaffee schmeckte gut, erstaunlich gut.

Nicht wie die Plörre, die ihr Mitbewohner Lukas mit der Maschine produzierte, die einst seiner Großmutter gehört hatte, und nicht, wie der viel zu süße Milchschaum, der sonst zu erschreckend hohen Preisen an Straßenecken und in Trendlocations angeboten wurde. Christopher trank einen normalen Kaffee, der ihm offenbar ebenfalls zusagte.

Ihn von der Seite betrachtend fiel Tamara auf, wie gut der Mann neben ihr aussah. In der langen Zeit, die sie Christopher kannte, hatte sie ihm nie allzu große Beachtung geschenkt. Als Freund ihrer Schwester war er tabu. Und an Verehrern hatte es ihr nicht gemangelt. Was ihr allerdings schon früher gefallen hatte, war die Stimme des athletischen Afrodeutschen. Sein Bariton zog Zuhörer in seinen Bann.

Es tat gut, ihn reden zu hören und es tat gut, dass Alice nicht das Thema seiner Worte war. Er redete über seinen alten Job als Lehrer und wie sehr ihm die Kinder auf die Nerven gegangen waren. Die Dummen genauso wie jene, die sich zwar durch ein höheres Maß an Klugheit, aber durch Strebertum, Hinterhältigkeit, Mangel an Erfahrung oder eine Kombination dieser Eigenschaften auszeichneten. Nie hatte er die Entscheidung bereut, die Sicherheit des Beamtentums gegen die Verfolgung seines Traums einzutauschen. „Meine Kontoauszüge waren früher eine bessere Lektüre als sie jetzt sind. Aber das war es nicht wert", sagte er. Tamara verstand, was er meinte.

Ohne die Erlöse aus dem Verkauf der ersten Ausgabe des Minerva-Magazins hätte sie sich beruflich neu orientieren müssen. Dies allerdings mit nicht einmal dem Hauch einer Vorstellung in welche Richtung und unter dem Fehlen jeglicher Motivation. Entsprechend erleichtert über den bislang erstaunlichen Erfolg des Projekts war sie von Zukunftsängsten keineswegs befreit. Die Printmedien waren seit Jahren vieles, aber sicher nicht auf dem Vormarsch. Eine Onlineausgabe des Minerva-Magazins war zwar in Arbeit – die Erfahrungen unzähliger Startups zeigten jedoch, dass solche Projekte dauerhaft profitabel zu gestalten eine Aufgabe darstellte, der gegenüber die zwölf Herausforderungen des Herakles verblassten.

Steuergeld aus irgendeinem Subventionstopf anzunehmen kam nicht infrage – ohne striktes Festhalten am Unabhängigkeitsgebot, hätte es für die Zeitschrift keine Existenzberechtigung gegeben. „Glaubst du wir werden bestehen können? Mit dem Minerva-Magazin meine ich? Wären nicht das erste Startup, das vor die Hunde geht.", fragte sie. „Nun, würde ich nicht an unseren Erfolg glauben, hätte ich mich nicht darauf eingelassen. Ich glaube sogar bei deiner Schwester an Erfolg.", antwortete Christopher und es gelang ihm nicht, einen Anflug verbitterter Ironie in seinem letzten Satz zu verbergen. Während er an seinem Kaffee nippte, fiel sein Blick auf den Fernseher. Und auf die dort eingehende „Breaking News"-Meldung, die dem Small Talk ein jähes Ende setzte.

Kapitel 7

Selten kamen sie vor, jene Menschen, die allein durch ihre Präsenz die Aufmerksamkeit auf sich zogen. Dabei war Basu Ahmed weder besonders groß noch besonders kräftig. Sein maßgeschneiderter Anzug saß allerdings perfekt. Er begrüßte seine Gäste in tadellosem Englisch. Lediglich ein minimaler Akzent verriet, dass Ahmeds Wiege nicht in Oxford gestanden hatte. Larissa nahm auf einem der für Besucher vorgesehenen Sessel Platz. Das hochwertige Leder sorgte dafür, dass sich die Lehne an ihrem Rücken fast wie eine Massage anfühlte. Lukas tat es ihr gleich und setzte sich. Das Büro Basu Ahmeds war insgesamt stilvoll eingerichtet. Die Möbel und die notwendige Technologie waren funktional, aber sehr hochwertig.

Und obwohl auf Verzierungen verzichtet wurde, schafften die hellen Farben eine einladende Atmosphäre. „Ich freue mich, dass Sie den weiten Weg auf sich genommen haben", sagte Ahmed. „Es war uns ein Vergnügen. Wir wissen Ihre Gastfreundlichkeit und die Ihres Landes zu schätzen," ließ Larissa ihn wissen. Es folgte ein weiterer Austausch von Höflichkeitsfloskeln. Lukas musste sich zusammenreißen, um weder auf seine Uhr zu sehen noch laut zu gähnen. Ihm war klar, dass in diesem Teil der Welt direktes Zur-Sache-Kommen schnell als Beleidigung aufgefasst wurde. Dass es ihn langweilte, den an gegenseitige Huldigung grenzenden Phrasen zuzuhören, verhinderte dieses Wissen nicht. Entsprechend erleichtert war er, als Larissa endlich mit für das Interview tatsächlich relevanten Fragen begann.

„Sie sind einer der bekanntesten
Wissenschaftler ihres Landes. Jahrelang haben
Sie sich für die Grüne Gentechnik eingesetzt.
„Wenn wir in der Zukunft eine
Weltbevölkerung von zehn Milliarden und
mehr ernähren wollen, ist die Grüne
Gentechnik unsere einzige Hoffnung", ist ein
Zitat von Ihnen. Mittlerweile kämpfen Sie mit
Ihrem Verein gegen Technologien, an deren
Entwicklung Sie selbst beteiligt waren.
Warum?" „Weil ich nicht mehr daran glaube,
dass die Grüne Gentechnik, das von ihr
gegebene Heilsversprechen halten kann. Jeder
weiß, dass es den großen Konzernen in diesem
Sektor vor allem darum geht, unfassbar viel
Geld zu verdienen." „Genau wie jedem
anderem Unternehmen.

Henry Ford hat nach Reichtum gestrebt und auf seinem Weg dahin der Menschheit die individuelle Mobilität geschenkt. Und natürlich ging es auch bei der Roten Gentechnik um Geld. Trotzdem ist künstlich hergestelltes Insulin ein Segen für Millionen von Diabetikern. Weshalb sind monetäre Interessen für Sie etwas Schlechtes?" „Sind sie nicht. Ich genieße meinen eigenen Wohlstand durchaus. Aber multinationale Konzerne, die ihre Heimat in den USA oder in Europa haben, gefährden die Entwicklung meines eigenen Landes. Je mehr Entwicklungsländer mit billigen importierten Lebensmitteln geflutet werden, desto weniger konkurrenzfähig sind die einheimischen Produzenten." „Gibt die Grüne Gentechnik den einheimischen Bauern nicht sogar bessere Möglichkeiten der Produktion?

Können Sie nicht auf weniger Ackerfläche mehr Güter produzieren und so ihre Marktposition verbessern?", unterbrach Larissa den Redeschwall ihres Gegenübers. „Darauf hatten wir stets gehofft. Aber ich bin mir inzwischen sicher, dass der Einsatz des veränderten Saatguts die Bauern nur in eine noch größere Abhängigkeit treiben wird. Sie müssen das Saatgut jedes Jahr neu bei Unternehmen kaufen, die die Preise dafür diktieren." Die Abnahme von Saatgut ist eine freiwillige Entscheidung. Kaufen die Bauern es nicht deshalb, weil sie sich davon etwas versprechen? Eben Effizienzsteigerungen und geringeren Einsatz von Pestiziden und Herbiziden, der auch ihrer eigenen Gesundheit zu Gute kommt?"

„Tatsächlich hat man Erfolge bei der Reduktion von Pestiziden erzielt, das will ich nicht abstreiten. Ob diese von Dauer sind, bleibt abzuwarten. Es besteht die Gefahr, dass dort wo durch gentechnische Verfahren gegen bestimmte Herbizide resistente Pflanzen angebaut werden, sogar mehr Pflanzenschutzmittel eingesetzt werden, weil die Unkräuter auf den Feldern ihrerseits Resistenzen entwickeln. Dieses Phänomen wurde bereits beobachtet." Dieses Mal war es nicht Larissa, sondern der Lärm eines Kampfes, der Basu Ahmed unterbrach. Sie hörten Schüsse, Geschrei und den Klang von zersplitterndem Glas – nicht von der Straße, sondern in unmittelbarer Nähe: Es kam aus dem Eingangsbereich des Gebäudes. „Schnell. Folgen Sie mir zum Panikraum", befahl Basu.

Lukas konnte kein Wort von dem Geschrei verstehen, aber es klang äußerst beängstigend. Er zitterte und hatte keine Chance, sein Zittern zu kontrollieren. Larissa hielt sich an seiner Hand fest. Ihre Haut war eiskalt. Auf diese Weise Händchen haltend und gleichzeitig fliehend, liefen sie ihrem Gastgeber hinterher. Wäre es geschickter, Deckung suchend über den Boden zu kriechen oder würde sie dies nur verlangsamen? Für den Moment hatten sie ohnehin keine andere Wahl, als Ahmed hinterherzuhasten. Aber es war vergebens.

Als sie das Ende des Flures erreichten, an dem der rettende Panikraum auf sie wartete, standen dort bereits zwei Männer mit Sturmhauben auf ihren Köpfen und Gewehren des Typs AK-47 in ihren Händen.

In halbwegs verständlichem Englisch wies der größere der Beiden die drei an, mit erhobenen Händen vor ihm und seinem Kumpanen her, zum Ausgang des Gebäudes zu gehen. Auf dem Weg nach draußen hörte Lukas auf, zu zittern. Stattdessen überkam ihn eine tranceartige Ruhe. Der Mann hinter ihm hätte nur mit dem Zeigefinger zucken müssen und es wäre mit ihm vorbeigewesen, aber er empfand keine Angst. Deutlich spürte er, wie seine Atemzüge Luft durch seinen Körper strömen ließen und wieder ins Freie hinausbliesen.

Doch der Atem war kaum schneller als noch vor wenigen Minuten, als er leicht gelangweilt auf einem Bürosessel gegen zufallende Augenlider gekämpft hatte. Er spürte den Wunsch, Larissa zu beschützen.

War dies nicht die heiligste Aufgabe des Mannes, die Frau an seiner Seite jeglicher Gefahr zu entreißen? Aber dies war kein Film und er war kein Superheld. Jeder Versuch des Widerstands hätte wohl in ihrem Tod geendet. Seine Ruhe ermöglichte ihm, sein Schicksal zu akzeptieren: Basu, Larissa und er waren den Angreifern auf Gedeih und Verderb ausgeliefert. Er musste sich von dem Gedanken, daran etwas ändern zu können, verabschieden.

War dies tatsächliche Akzeptanz oder ging es ihm wie einem an der Höhe langsam zugrunde gehenden Bergsteiger, der in den letzten Momenten seines Erstickens ein sanftes Entschlafen in wunderbarer Schönheit halluziniert? Der Weg die Treppe hinunter dauerte nur wenige Sekunden.

In Lukas' Kopf streckte er sich über einen unendlich langen Zeitraum hin. Vor allem seine Eltern sah er vor seinem inneren Auge, obwohl der Kontakt zwischen ihnen schon seit Jahren eher sporadischer Natur war. Auch die Straßen seiner Bochumer Heimat formten Bilder in seinem Kopf. Sie zeigten Orte, an die er seit langer Zeit keinen Gedanken verschwendet hatte. Dann traten die Gefangenen ins Freie.

Auf der mit einer Plane vor Blicken abgeschirmten Ladefläche eines Lkws warteten bereits weitere Bewaffnete auf sie.

„Darauf klettern! Los! Schnell", kommandierte der Lange. Nachdem sie gehorcht hatten, sprangen er und sein Begleiter selbst hinauf. Der Fahrer trat aufs Gas.

Innerhalb weniger Augenblicke befanden sie sich im Verkehr der bangladeschischen Hauptstadt. Sie saßen auf einer hölzernen Bank, die sie jedes Schlagloch und jede noch so kleine Unebenheit noch bis die am stärksten mit Fett gepolsterten Stellen ihres Körpers spüren ließ. Alle drei blickten in die Läufe von Gewehren. Und bei allen drei Gewehren handelte es sich um Nachbauten der in ihrer Ursprungsform einst von Michail Timofejewitsch Kalaschnikow entwickelten AK-47. Mit der auf ihr basierenden AKM in einer Stückzahl von schätzungsweise 100 Millionen produziert, in Kriegen wie dem Vietnamkrieg, dem Zerfall Jugoslawiens, den Gefechten Afghanistans, den islamistischen Terroranschlägen in Paris im Jahr 2015 verwendet, gilt die Waffe vielen als das beste Sturmgewehr der Welt:

Unempfindlich gegen Sand und Wasser, robust, in der Handhabung einfach genug selbst für Kindersoldaten und von einem geübten Schützen im Einzelfeuermodus zur Bekämpfung von Zielen in 400 Metern Entfernung einsetzbar. Die DDR produzierte in den 1980er Jahren zu Exportzwecken eine Variante, die sich mit der in vielen Staaten besser verfügbaren Nato-Munition laden ließ. Im Film „Lord of War" bezeichnet der von Nicolas Cage dargestellte Protagonist die AK-47 angesichts ihrer unzähligen Opfer bei bewaffneten Konflikten und Anschlägen als die „wahre Massenvernichtungswaffe".

Die Straße wurde immer holpriger. Lukas vermutete, dass sie die zumindest teilweise gut gepflasterten Wege der Hauptstadt verlassen hatten.

Er versuchte, sich einzuprägen, wo sie abgebogen waren und an welcher Stelle er in irgendeiner Weise auffällige Geräusche gehört hatte.

Schon nach kurzer Zeit musste er einsehen, dass dies zwecklos war – seine Sicht war von der Plane verdeckt und ohne visuelle Eindrücke wäre er niemals in der Lage, auch nur einen Bruchteil des Weges aus dem Gedächtnis zu rekonstruieren. Die sich immer wieder bemerkbar machenden Schlaglöcher bereiteten ihm eine zusätzliche Sorge: Würde nicht eine etwas heftigere Erschütterung reichen, damit sich ein Schuss lösen und sein Gesicht zerfetzen würde? – Oder das Gesicht von Larissa, die sich neben ihm in vergleichbarer Lage befand. Plötzlich begann Basu mit den Entführern zu sprechen.

Er sprach Bengalisch, Lukas verstand kein Wort. Aber es klang aggressiv. Und es wurde aggressiv beantwortet: Ein Schlag mit dem Schaft eines Gewehres beförderte Basu von seinem Platz auf der Holzbank mit einer blutigen Nase auf den Boden der Ladefläche. Als er sich in langsamen, möglichst wenig provozierenden Bewegungen mit nach oben gereckten Händen wieder erhob, konnte Lukas deutlich die Angst in dem Gesicht des Wissenschaftlers sehen. Von Larissas Antlitz konnte er dagegen kaum etwas erkennen. Dafür hätte er den Kopf auffällig zur Seite drehen müssen und nach dem eben beobachteten verspürte er wenig Lust, die Aufmerksamkeit auf sich zu ziehen. Von innerer Ruhe konnte keine Rede mehr sein. Er wollte nicht sterben.

Er dachte an Nico, der bei ihrer letzten Reportage im Staub der mexikanischen Wüste sein Ende gefunden hatte. Wie lange waren sie gefahren, als das Fahrzeug schließlich zum Stehen kam? Zwanzig Minuten? Eine Stunde? Sein Zeitgefühl funktionierte nach wie vor nur ungenau.

Jetzt wurden ihm die Hände auf dem Rücken gefesselt und die Augen verbunden. Dann ging es mithilfe eines Tritts in den Hintern von dem Lkw hinunter. Auf einmal wieder Geschrei. Nicht artikulierte, aber eindeutig weibliche Laute. Von Larissa. Schläge, Schüsse, etwas, was nach bengalischen Flüchen klang. Obwohl er nicht einmal versucht hatte, sich zu bewegen, wurde er von zwei starken Armen von hinten umklammert, die jeden Gedanken an einen Fluchtversuch im Keim erstickten.

Kapitel 8

„In der bangladeschischen Hauptstadt Dhaka sind der bekannte Wissenschaftler Basu Ahmed und zwei deutsche Journalisten entführt worden. Bislang unbestätigten Berichten zufolge handelt es sich bei den Deutschen um die RBB-Mitarbeiterin Larissa Jäger und um den freien Journalisten Lukas Brandt. Alle drei sollen bei einem Überfall auf Ahmeds Anwesen im Villenviertel Dhakas von bewaffneten Männern verschleppt worden sein." Christopher und Tamara mussten die Worte des Nachrichtensprechers zunächst in ihren Köpfen verarbeiten. „Ich brauche frische Luft", sagte Tamara. Durch eine Glastür trat sie nach draußen in eine parkähnliche Anlage, die zu dem Krankenhaus gehörte.

Unter einem sternenklaren Himmel hatte sich die Abendluft auf eine angenehme Temperatur abgekühlt. Sie nahm drei tiefe Atemzüge.

Dann fragte sie sich, wie lange Lukas und sie sich bereits eine Wohnung teilten. Die genaue Anzahl der Jahre fiel ihr nicht ein. Sie waren so sehr aneinander gewöhnt, dass sie ein beinahe geschwisterliches Verhältnis pflegten. Sie spürte das Bedürfnis, zu rauchen, obwohl sie bereits seit acht Jahren ihre Lungen mit Nikotin und Teer verschont hatte. In der Cafeteria hatte sie einen Zigarettenautomaten bemerkt. Ohne weiter nachzudenken, kehrte sie zu diesem zurück und kaufte eine Packung Lucky Strike. „Bist du sicher?", fragte der neben ihr stehende Christopher. Sie zuckte leicht zusammen, weil sie ihn nicht gesehen hatte.

„Ich brauche das jetzt", antwortete sie in einem Tonfall, der verriet, dass es nicht der richtige Moment für Predigten oder Gesundheitsvorträge ihr gegenüber war. Trotzdem konnte Christopher sich ein „Komische Vorstellung von frischer Luft", nicht verkneifen. Wieder im Freien, nahm Tamara langsam eine Zigarette aus der Schachtel, führte sie zum Mund und stellte fest, dass sie kein Feuer hatte. Während ihres Studiums hatte ihr ein Kommilitone einmal geraten, selbst wenn sie mit dem Rauchen aufhören sollte, stets eine paar Gefilterte und Streichhölzer mit sich zu führen. „Wozu?", hatte sie gefragt. „Wenn du Journalistin sein willst, musst du recherchieren. Nicht im Internet, sondern im Gespräch mit echten Menschen. Und da sind Zigaretten nach wie vor der beste Türöffner.

In jeder Raucherecke werden mehr Informationen preisgegeben als in einer psychotherapeutischen Praxis. Und lass dich nicht von den ganzen Nichtraucherkampagnen verrückt machen. Es wird nach wie vor überall dort gequalmt, wo es interessant wird: Auf Festivals, in heruntergekommenen Hostals, in Kriegs- und Krisengebieten, in anrüchigen Clubs und auf Familienfeiern." Sie hielt diesen Kommilitonen damals schon für einen selbstverliebten Schwätzer. Derjenige gab später seine Journalistenlaufbahn auf, versuchte sich als Szenegastronom, scheiterte auch dort, arbeitete dann für eine NGO, wo er sich in die Unterschlagung von Spendengeldern verwickelte. Dennoch hatte er damals nicht unrecht gehabt, dachte Tamara.

Die krebserzeugenden Glimmstängel
bewährten sich nach wie vor als Schlüssel zu
Herzen und Köpfen. Sie dankte Christopher,
der ihr trotz seiner persönlichen Abneigung
gegen den blauen Dunst Streichhölzer besorgt
hatte. Mit der einen Hand den Wind abhaltend,
mit der anderen den Schwefelkopf zum
Aufflammen bringend, sah sie zwei Männer
auf sich zukommen. Beide trugen teure
Anzüge und bewegten sich über eine
Grünfläche zielstrebig auf sie zu. Der Ältere
war um die Fünfzig, leicht untersetzt, mit
schütterem, graumeliertem Haar, die dünne
Brille auf seiner Nase verlieh ihm einen
intellektuellen Touch.

Der Jüngere konnte kaum die Dreißig
überschritten haben, er hatte seine blonden
Haare zu einem Pferdeschwanz
zusammengebunden und überragte seinen
Begleiter um einige Zentimeter. Der Blick
seiner blauen Augen wirkte stechend. Tamara
zog an ihrer Zigarette.

Der Geschmack war widerlich, aber
gleichzeitig tat es ihr gut, den Rauch zu
inhalieren. Er wirkte wie eine wohlig-
wärmende Erinnerung an ein lange verlorenes
Gefühl. Die Männer standen jetzt weniger als
einen Meter von ihr entfernt. „Sind Sie Frau
Tamara Fuhrmann?“, fragte der Ältere. Sie
nickte. „Mein Name ist Michael Degenhardt.
Ich arbeite für das Auswärtige Amt. Dies ist
mein Kollege Frank Weilersdorf vom
Bundeskriminalamt.

Haben Sie aus den Nachrichten erfahren, dass Ihr Mitbewohner, Herr Lukas Brandt, in Bangladesch entführt worden ist?" Sie nickte. „Und wie fühlen Sie sich?". Tamara war überrascht über die Frage. Degenhardt strahlte Souveränität, aber keine Einfühlsamkeit aus. Sie vermutete außerdem, dass der Mann für den Bundesnachrichtendienst, nicht für das Auswärtige Amt tätig war.

„Meine Schwester liegt hier auf der Intensivstation", antwortete sie, obwohl ihr klar war, dass sich die Frage auf die Lage von Lukas bezogen hatte. Nie waren sie ein Paar gewesen, nicht einmal ein flüchtiger oder betrunkener Kuss hatte sich je zwischen ihnen ereignet.

Trotzdem war es unmöglich, sich über einen derartig langen Zeitraum nahezu jeden Tag zu sehen, ohne mehr als ein oberflächliches Gefühl der Freundschaft füreinander zu empfinden. „Ich bin besorgt", sagte Tamara und das stimmte. „Wir werden alles in unserer Macht stehende tun, damit Herr Brandt und seine Begleiterin sicher wieder nach Hause kommen. Im Moment wissen wir jedoch weder, wer die beiden in seine Gewalt gebracht hat noch wo sie sich aufhalten.

Außerdem erfordert der Umgang mit den Vertretern der bangladeschischen Regierung ein hohes Maß an Fingerspitzengefühl. Operationen fremder Sicherheitskräfte auf eigenem Territorium werden dort ungern gesehen."

Tamara war durchaus bereit, die Beamten zu unterstützen. Aber sie verfügte über keine Informationen, die den Behörden nicht bereits bekannt waren. Lukas und seine neue Flamme Larissa hatten in den vergangenen Tagen viel Zeit gemeinsam verbracht und waren dann kurzfristig nach Bangladesch aufgebrochen. Größere Gespräche im Vorfeld hatte es nicht gegeben. In welcher Gefahr mochten die beiden schweben? Wenn sie Glück hatten, wenn man es so nennen wollten, befanden sie ich in den Händen von Kriminellen, die auf Geld aus waren.

Wenn sie Pech hatten, handelte es sich bei den Entführern um Islamisten, die mit einem per Livestream in die Welt übertragenen Mord spektakulär Aufmerksamkeit erregen wollten.

Tamara dachte daran, wie es anderen Entführungsopfern in der Vergangenheit gegangen war und spürte, wie ihr kalt wurde. Sie fasste einen Beschluss.

„Ich spüre meine Beine nicht mehr", pflegten Freizeitsportler nach langen Läufen hin und wieder zu behaupten. Larissa spürte ihre Beine. Sie fühlten sich an wie tonnenschwere Eisenstangen, die sie mit jedem Schritt bewegen musste. Und mit jeder Bewegung schien ihr Gewicht noch weiter zuzunehmen. Aber sie lief weiter. Über schlecht gepflasterte Straßen, deren Oberfläche mit jeder Berührung ihres Fußes Staub aufwirbelte. Der Staub gelangte gemeinsam mit der sengend heißen Luft in ihre Atemwege und machte das Vorwärtskommen noch beschwerlicher.

Vorbei an Gebäuden, deren Höhe, Breite,
Zustand oder Funktion sie nicht wahrnahm.
Die Menschen, die sich um sie herum
bewegten, registrierte sie kaum, was auf
Gegenseitigkeit beruhen zu schien. Obwohl sie
als europäische, rennende Frau in
durchgeschwitzter Kleidung, der die Panik ins
Gesicht geschrieben war, keineswegs
unauffällig wirkte, schauten sie höchstens kurz
auf, um sich danach wieder ihren alltäglichen
Tätigkeiten zu widmen, ohne Larissa weiter zu
beachten. Erst als sie auf einem belebten Platz,
voll mit Süßigkeitenverkäufern, kleinen
Marktständen, Arbeitern auf dem Weg zum
Bus oder nach Hause, Schülern und Studenten,
einigen Uniformierten und vor allem mit jeder
Menge Fahrrädern, Mofas und Motorrädern,
vor Erschöpfung zusammensank, wurde ihr
klar, dass sie tatsächlich entkommen war.

Sie hatte den Moment genutzt, in dem die Entführer die Männer unsanft vom LKW auf den Boden befördert hatten, um zu fliehen. Eine auf sie abgefeuerte Kugel war so dicht an ihr vorbeigeschrammt, dass die den Luftzug hatte spüren können. Allerdings hatte ihr der Schütze nur kurz nachgesetzt und dann die Verfolgung aufgegeben. Vielleicht hatte er befürchtet, andernfalls zu große Aufmerksamkeit auf das Geschehen zu lenken. Sie sah, wie ein Polizist sich auf sie zubewegte. Ihr wurde schwarz vor Augen. Als Larissa die Augen wieder öffnete, blendete sie das helle Licht, das durch in das Fenster in ihr Zimmer eindrang. Sie brauchte einige Sekunden, um sich zu orientieren.

Das verstellbare Bett, der Schwestern-
Rufknopf, die überall verwendete weiße Farbe
und die schnarchende alte Frau im Nachbarbett
ließen sie schnell erkennen, dass sie sich in
einem Krankenhaus befand. Das Hospital war
modern, nichts deutete darauf hin, dass es sich
um eine Klinik in der Hauptstadt eines
Entwicklungslandes handelte. Sie war nicht
allein. Zwei Männer und eine Frau saßen
neben ihrem Schlafplatz. Sie glaubte, die Frau
schon einmal gesehen zu haben. Sie hatte mit
Lukas zu tun. Aber was war mit Lukas
geschehen? Sie brauchte einige Augenblicke,
um ihre Gedanken zu ordnen. Dann fiel es ihr
ein: Es war die Mitbewohnerin von Lukas.

Die Männer kannte sie dagegen nicht, auf der rechten Seite der Mitbewohnerin nahm ein muskulöser Europäer, vermutlich ebenfalls Deutscher, mit Kurzhaarschnitt eine angespannte Haltung ein.

Eher entspannt wirkte der Bangladescher mit der randlosen Brille seinerseits rechts von dem Kurzhaarigen sitzend, den seine Uniform als Polizisten auswies. Larissa fragte sich kurz, ob es sich denselben Polizisten handelte, der sie auf dem Platz, auf dem sie zusammengebrochen war, aufgelesen hatte. Sie stellte schnell fest, dass dies nicht der Fall war: Ihr Retter war ein Mann von höchstens dreißig Jahren von kompakter Statur und mit von der Sonne gegerbter Haut gewesen, der offenbar auf Streife ging.

Ihren schlaksigen Besucher hingegen wiesen die Abzeichen an seiner Kleidung als einen vermutlich höheren Offizier aus. „Guten Tag, Frau Jäger. Wie geht es Ihnen?" fragte er sie in einem nur minimal asiatisch eingefärbten Englisch, das verriet, dass er eine Ausbildung an Bildungsanstalten des Vereinigten Königreiches genossen hatte. „Vielleicht sollte ich erst einmal mit einem Arzt sprechen, um diese Frage beantworten zu können", dachte Larissa. Sie fühlte sich benommen. Ihre Beine taten weh, aber es waren Schmerzen wie von einem Muskelkater. „Ich bin okay," sagte sie. Was ist mit Lukas? Und mit dem Mann, den wir interviewt haben?" „Nach unserem derzeitigen Kenntnisstand befinden sich Herr Brandt und Herr Ahmed noch in den Händen der Entführer.

Meine Kollegen und ich arbeiten mit Hochdruck daran, ihren Aufenthaltsort herauszufinden. Wir hoffen, von Ihnen in diesem Zusammenhang wertvolle Hinweise zu erhalten.

Können Sie die Angreifer beschreiben?" Der Beamte störte sich offenbar weiterhin weder an der Anwesenheit der schlafenden Alten noch an der von Tamara und dem Fremdem. Larissa stellte fest, dass es erschreckend schwierig war, die geforderte Beschreibung der Angreifer zu liefern. Wie viele waren es gewesen? Welche Kleidung hatten sie getragen? Hatte es besondere Merkmale gegeben, die sich trotz der Sturmhauben hätten erkennen lassen? Wie alt und wie groß waren sie ungefähr gewesen?

Ein paar Anhaltspunkte fielen der Journalistin ein. Der Polizist hörte aufmerksam zu und machte sich Notizen. „Vielen Dank, Frau Jäger. Sie hören von uns.", sagte er schließlich und erhob sich. „Warten Sie. Bin ich in Gefahr? Vielleicht sind die immer noch hinter mir her, immerhin bin ich eine Zeugin."

„Das Krankenhaus wird sowieso rund um die Uhr von bewaffneten Sicherheitskräften bewacht, an denen jeder Besucher vorbei muss. Außerdem wird sich in Kürze ein Mitarbeiter der Deutschen Botschaft bei Ihnen melden." Für Larissa war das eine unbefriedigende Antwort. Sie wusste, dass die bewaffneten Sicherheitskräfte nicht viel zu bedeuten hatten. Sie kannte das aus anderen Teilen der Welt: wenig qualifizierte Ex-Soldaten der unteren Mannschaftsdienstgrade konnten sich nach ihrem Ausscheiden aus der Armee über Wasser halten, indem sie mit Revolver und Schlagstock ausgerüstet vor einem Bürogebäude, einem Hotel, einer Shopping Mall oder einem großen Wohnkomplex auf- und abliefen.

Dass diese schlecht ausgebildeten, schlecht bezahlten und nicht selten mit mangelhaftem Material ausgerüsteten Wächter im Angesicht von Terroristen oder in Überzahl angreifenden Kriminellen ein Objekt schützen könnten, hatte sich schon vielerorts als Illusion erwiesen. Zudem waren nicht wenige anfällig für Korruption und führten ihre Kontroll- und Beobachtungsaufgaben bei Weitem nicht so gewissenhaft aus, wie ihre Auftraggeber es gerne gesehen hätten. Konnte sie also in dem Hospital wirklich sicher sein?

Dann wandte sie sich an die Mitbewohnerin von Lukas: „Du heißt Tamara, oder? Was in aller Welt machst du hier?“ „Das Auswärtige Amt hat nach eurer Entführung mit mir Kontakt aufgenommen. Sie hofften, dass ich ihnen Informationen geben können würde, mit denen sie Lukas schneller finden würden.“ „Und, konntest du?“ „Ich habe denen alles gesagt, was ich weiß. Aber wir wollten außerdem vor Ort helfen. Mitarbeiter von deutschen Behörden sind bei ihrem Handeln im Ausland nicht nur an die Gesetze des Gastlandes, sondern auch an die deutschen gebunden. Und das ist nun mal manchmal nicht der schnellste Weg. Wir hoffen, dass wir mit unserer freieren Methodenwahl effektiver sind.“ „Und wer ist wir?“

„Stefan hat Erfahrung mit komplizierten Missionen auf der ganzen Welt. Ich stehe ihm dabei mit meinen Recherchefähigkeiten zur Seite" Larissa fragte sich, was das heißen sollte. Erfahrung mit komplizierten Missionen auf der ganzen Welt? Wer war der Mann? Rambo? James Bond? Oder der nächste Papst? Außerdem schien selbst der Begriff „flüchtige Bekannte" hochgegriffen, um ihr Verhältnis zu Tamara zu beschreiben. Die Sorge, die die beiden veranlasst hatte, bis auf einen anderen Kontinent zu reisen, dürfte also kaum ihr gegolten haben. Doch das spielte jetzt keine Rolle. Lukas war immer noch in Gefahr und wer ihm helfen wollte, war willkommen. Trotzdem wollte Larissa wissen: „Und die bangladeschische Polizei lässt euch einfach so operieren?"

„Jeder hat seinen Preis“, antwortete Stefan.

Das war das erste Mal, dass Larissa den Mann für Missionen auf der ganzen Welt sprechen hörte. Seine sanfte Stimme stand im Kontrast zu seinem übrigen Erscheinungsbild.

Kapitel 9

Lukas roch seinen eigenen, inzwischen mehr als zwei Tage alten Schweiß. Der Geruch war so intensiv, dass es ihm vor sich selber ekelte. Gleichzeitig wurde dieser Zustand immer schlimmer. Es war heiß und stickig in dem fensterlosen Raum, in dem man ihn gefangen hielt. Es gab eine alte Lampe neben seiner alten Pritsche, die eine minimale Beleuchtung ermöglichte, allerdings gab es kein Lesematerial. Einmal am Tag brachte ihm ein Bewacher etwas zu essen und eine Flasche Wasser. Bei dieser Gelegenheit leerte er dann auch den Eimer, der seine einzige Möglichkeit war, seine Notdurft zu verrichten. Die Mahlzeiten, die ausnahmslos aus Reis und sehr scharf gewürztem Gemüse bestanden, vertrug er nicht.

Er litt daher immer wieder unter Bauchschmerzen und Durchfall, was den Gestank in seinem Versteck noch unerträglicher machte. Zudem verfügte er über keinerlei Möglichkeit, seine Kleidung zu wechseln. Niemand hatte bislang mit ihm gesprochen. Er hatte versucht, den Mann, der ihm die Mahlzeiten hinstellte, auf Englisch um ein Stück Seife zu bitten, aber der hatte kein Wort verstanden. Da sie ihn bislang am Leben hielten, vermutete Lukas, dass sie auf Geld aus waren. Aber was würde mit ihm passieren, wenn sie dieses bekommen hatten? Solche Gedanken führten dazu, dass er gleichzeitig unter Angst und unter Langeweile litt. Nichts bot ihm auch nur die geringste Unterhaltung. Außerdem wusste er weder, was mit Basu Ahmed, noch was mit Larissa geschehen war.

War Larissa ihr Fluchtversuch gelungen? Hatten sie sie wieder eingefangen? Oder sie umgebracht? Sicher war, dass jemand auf sie geschossen hatte. Ein bewegliches Ziel ist nur schwer zu treffen, versuchte Lukas, sich zu beruhigen. Aber er musste sich eingestehen, dass der Tod seiner Freundin im Bereich des Möglichen lag.

Lukas war nie ein Frauenheld gewesen. In seiner Jugend hatte er die Erfahrungen jener gemacht, die weder besonders schön, noch besonders hässlich, weder besonders beliebt, noch krasse Außenseiter, weder besonders gute, noch auffällige schlechte Schüler waren. Die typischen Erlebnisse aller, die zur Armee der Normalen gehörten und über die keine Lieder geschrieben und keine Filme gedreht wurden.

Mit dreizehn hatte er zum ersten Mal, den eng umschlungenen, evangelischen Blues mit einem Mädchen aus seiner Klasse getanzt. Mit vierzehn hatte er mit eben diesem Mädchen auf einer Parkbank geknutscht. Mit sechzehn hatte er eine erste Beziehung, die fast drei Wochen dauerte, kaum über Kino- und Schwimmbadbesuche hinausging und in Tränen endete. Mit achtzehn verlor er seine Unschuld an eine elf Jahre ältere Friseurin, die landauf und landab dafür bekannt war, im Saft stehenden jungen Hengsten mit Pickeln im Gesicht und vor Nervosität schweißnassen Händen, beim Abbau ihres Hormonstaus zu helfen. Allerdings wollte sie all jene, die ihre Hilfe im Anspruch nahmen, im Anschluss nicht mehr in ihrem Gesichtsfeld haben, nicht einmal zum Haare schneiden.

Mit zwanzig hatte er dann eine Beziehung mit einer Kommilitonin, die etwa ein Jahr dauerte. Die junge Liebe scheiterte jedoch als die Dame ihr Studium abbrach und zurück zu ihren Eltern ins Schwäbische zog. Allerdings hatten Zurückweisungen in seinem Liebesleben ebenfalls eine nicht unerhebliche Rolle gespielt. Den gutaussehenden, gut ausgebildeten Frauen zwischen Zwanzig und Dreißig lag der Rest der Welt zu Füßen und das ließen sie jenen Rest, zu dem Lukas gehörte, gelegentlich spüren. Allerdings hatte er auch beobachtet, wie drastisch sich die Verhältnisse im vierten Lebensjahrzehnt änderten. Beneidet hatte er jene Pärchen, die sich gegenseitig ergänzten.

Die körperlich und geistig so gut zusammenpassten, dass niemand auf die Idee kam, sie hätten je ein anderes Schicksal haben können, als gemeinsam Kinder und Hunde großzuziehen und ein Einfamilienhaus zu bauen, um sich dann irgendwann gegenseitig durch die schütteren Haare zu fahren und in Erinnerungen zu schwelgen.

Mit Larissa hatte er geglaubt, eine entsprechende Seelenverwandte gefunden zu haben. Es hatte sich so angefühlt. War es vorbei? Würde er seine Freundin begraben müssen, wie er seinen besten Freund begraben hatte? „Wahrscheinlich werden sie mich direkt neben ihr begraben können", dachte er bei sich.

So elend wie er sich fühlte war sein Überleben auch dann fraglich, wenn seine Entführer nicht ohnehin vorhaben sollten, ihn umzubringen.

Auch Tamara ging es nicht gut. Sie hatte sich etliche Rechtfertigungen, Begründungen, Entschuldigungen für das, was passiert war, in ihrem Kopf zurechtgelegt. Alle hatten eins gemeinsam: Sie klangen wie Ausreden. „Ich wollte das nicht“, „Es hatte nichts zu bedeuten“, „Es wird nie wieder vorkommen“, „Wir waren in einer absoluten Ausnahmesituation“, „Es ist einfach so geschehen“. Alles Unsinn. Sie hatte den Freund ihrer Schwester geküsst und niemand hatte sie dazu gezwungen. Gewehrt hatte er sich nicht. Ja, manchmal störte es sie, wie viel Aufmerksamkeit Alice mit ihrer Krankheit auf sich zog.

Aber Tamaras Loyalität zu ihrer Schwester hatte nie infrage gestanden. Nie zuvor hatte sie Alice in irgendeiner Form hintergangen. Christopher und sie hatten bislang nicht über den Vorfall gesprochen. Der kurzfristige Aufbruch nach Bangladesch hätte dazu keine Zeit gelassen, aber es hatte wohl auch bei keinem von ihnen Interesse bestanden.

Christopher saß weiterhin in Deutschland an Alice' Krankenbett. Sie versuchte, unter der brennenden Sonne eines asiatischen Landes mithilfe eines Ex-Fremdenlegionärs ihren Mitbewohner zu finden. Sie hatte Stefan in dem Haus aufgesucht, das er immer noch besaß. Den Zaun gab es nicht mehr und die Zahl der Bewegungsmelder war auf drei geschrumpft.

Wer das Gebäude nur flüchtig betrachtete, erkannte keinen besonderen Unterschied zu den anderen Einfamilienhäusern, typisch für die Mittelschicht der 1970er und 1980er Jahre, die die Siedlung dominierten. Nur von der Innenseite des Grundstücks wurde klar, wie geschickt die Hecken und Sträucher, die es begrenzten, angeordnet waren.

Während von außen eine Einsicht nur auf einzelne ausgewählte kleine Fläche möglich war, die keine Rückschlüsse darauf zuließen, was sich hinter den Büschen verbarg, hatte man von hier alles im Blick, was ringsherum vor sich ging. Zudem waren auf dem Gelände Kameras installiert, die überwachten, was auf, neben, und über dem Haus vor sich ging.

Stefan hatte seine Rottweiler Wladimir und Cassius angesichts von Tamaras Kommen in einen Zwinger gesperrt, der gut und gerne dreißig Quadratmeter umfasste. Von dort aus beobachteten sie die athletischen Tiere, ohne einen Laut von sich zu geben. Es sah nicht aus, als ob Stefan oft Besuch hätte. Er erwartete sie an der Tür und bat sie mit einem knappen „Willkommen, Tamara", herein. Innen war alles in schlichter Zweckmäßigkeit eingerichtet.

Zweckmäßig zumindest für einen Menschen, dessen Lebensinhalt die Fähigkeit war, sich zu verteidigen. Die einzige Dekoration war eine kleine Leinwand, die den Hausherrn auf 21 verschiedenen Bildern in diversen Kriegssituationen zeigten. Ansonsten war alles in schlichtem Weiß gehalten.

Eine Klimmzugstange diente im Wohnzimmer der Kräftigung der Rücken- und Armmuskulatur. Ein Stairmaster schaffte Gelegenheit zum Ausdauertraining. Die Fenster bestanden aus Panzerglas. Und sie verfügten über kleine Bullaugen, die es ermöglichten, mit einem Gewehrlauf nach draußen zu zielen. Dazugehörige Gewehrhalterungen waren ebenfalls in der Nähe der Fenster angebracht. Tamara lief ein Schauer über den Rücken. Hatte Stefans Psychiatrieaufenthalt seine Paranoia in irgendeiner Weise geschmälert? Oder hatte er nur schnell erkannt, was Ärzte und Richter hören wollten, um seine Freiheit zu erlangen?

Als habe er ihren Gedanken lauschen können, sagte Stefan ihr gleichzeitig das Glas Wasser in seiner rechten Hand anbietend „Ich nehme an, du fragst, dich, ob das alles nötig ist, ob ich verrückt bin. Ich versichere dir, Gefahren sind real. Und wie sagt man so schön „Dass du paranoid bist, bedeutet nicht, dass sie nicht hinter dir her sind". Du bist hier, weil jemand in Gefahr ist." Sie nickte. „Aber nicht hier. In Bangladesch." „Ja, ich habe das mit der Entführung im Fernsehen gesehen. Das ist dein Kollege, oder?" „Und Mitbewohner", antwortete Tamara.

„Wir sind aber kein Paar und waren auch nie eins.", fügte sie schnell hinzu. „Trotzdem bist du hier, um mich zu bitten, auf einen anderen Kontinent zu fliegen.

In ein Land, im dem mehr Menschen leben als in Deutschland und Frankreich zusammen, dessen Sprache ich nicht spreche, in dem es einen gewaltigen Militär- und Polizeiapparat gibt und einen einzelnen Mann suchen, ohne eine Ahnung zu haben, wo der hingebracht wurde. Sicher ist nur, dass er von Killern bewacht wird." „Machst du es?" „Natürlich."

Jetzt saßen sie gemeinsam in der Kantine eines Krankenhauses in Dhaka und besprachen ihr weiteres Vorgehen. Stefan ließ keine Zweifel daran aufkommen, dass er das Kommando hatte. „Ich werde einige Befragungen durchführen. Du nimmst dir derweil die Datenbanken von Interpol und der bangladeschischen Polizei vor.

Hier sind die Zugangsdaten", sagte er und
reichte Tamara einen kleinen Zettel. „Woher
hast du die?" „Von einem Freund." „Und
dieser Freund ist vertrauenswürdig?"
„Niemand ist vertrauenswürdig. Konzentrier'
dich bei deiner Suche auf organisierte
Kriminalität und Terrorgruppen. Kleine Fische
hätten die Operation nicht durchführen
können. Ich gehe von Einheimischen aus, die
die Stadt gut kennen und sich vermutlich auch
hier verstecken. Trotzdem sind ausländische
Geldgeber denkbar. Insbesondere, wenn es
sich um Islamisten handeln sollte." Tamara
wagte nicht, zu widersprechen. Selbst die Art,
wie Stefan den letzten Löffel Reis mit Linsen
von seinem Teller zum Mund führte, strahlte
Autorität aus.

Lukas fühlte sich so schwach, dass ihm immer wieder schwarz vor Augen wurde. Er versuchte, das zu vermeiden. Er befürchtete, in einer ungünstigen Position das Bewusstsein zu verlieren und dabei an seiner Zunge oder an seinem Erbrochenen zu ersticken. Hatte nicht Jimi Hendrix auf diesem Weg das Zeitliche gesegnet? Er glaubte, das als Jugendlicher in einer Musikzeitschrift gelesen zu haben: Der Gitarrist, der auf einer weggeworfenen Ukulele mit nur einer Saite seine ersten musikalischen Schritte gemacht hatte, wurde in einer weniger als ein Jahrzehnt dauernden Profikarriere zu einem der einflussreichsten Musiker des 20. Jahrhunderts.

Hendrix, der auf eine lange Geschichte des Alkohol- und Drogenmissbrauchs zurückblickte, hatte während eines Aufenthalts in London eine hohe Dosis Barbiturate eingenommen.

Das Groupie Monika Dannemann, mit dem er zu dieser Zeit eine Beziehung hatte, wachte gegen 11:00 Uhr morgens am 18. September 1970 neben James Marshall Hendrix auf und fand diesen bewusstlos vor. Da es ihr nicht gelang, den Mann zu wecken, setzte sie um 11:18 Uhr einen Notruf ab. Neun Minuten später traf ein Rettungswagen ein, der Hendrix ins Londoner Saint Mary Abbot's-Krankenhaus. Um 12:45 erklärte der diensthabende Arzt Dr. John Bannister den Musiker für tot.

Lukas nahm eine zusammengekrümmte, seitliche Position ein. Aus dieser Haltung heraus versuchte er, sich umzusehen und Anhaltspunkte für Fluchtmöglichkeiten zu entdecken. Aber sowohl den Kopf zu heben als auch, sich auf einen Gedanken zu konzentrieren, erwies sich als schwierig.

Würde ihn der nächste Band des Minerva-Magazins das Leben kosten, wie der letzte Nico das Leben gekostet hatte? War es das wert? Leistete er einen relevanten Beitrag für die Menschheit? Befriedigten die Mannschaft und er bloß ihre eigenen Eitelkeiten? „Ist jetzt gerade alles egal, konzentrier` dich darauf, nicht in Ohnmacht zu fallen und Möglichkeiten zum Ausbruch zu suchen!", schoss es ihm erneut durch den Kopf.

Ein vertrauter Geruch begann, von draußen in seine Zelle zu ziehen. Der Geruch erinnerte an Party in studentischen Wohngemeinschaften, an Nächte vor der Glotze mit Space Night und Süßigkeiten, an laue Sommerabende in weitläufigen Parks, an intelligente Langweiler ohne Interessen und mit täglich weniger Synapsen und an den Geschmack zahlreicher Speichelsorten an demselben Joint: Es war der Geruch von Marihuana. Offenbar machte es sich der Wächter vor der Tür beim Kiffen gemütlich. Lukas hoffte, dass er bald einschlafen würde. Auch Basu Ahmed war der Geruch der Blüten der weiblichen Hanfpflanze vertraut. Selbst Abstinenzler rührte er nicht einmal Bier an.

Aber nicht nur an den Universitäten, an denen er studiert hatte, war er mit dem Rauschmittel in Kontakt gekommen. Sogar in den Laboren der großen Chemie- und Agrarfirmen, denen er seine Geisteskraft zur Verfügung gestellt hatte, war der ein oder andere Forscher dem gelegentlichen Joint nicht abgeneigt gewesen. Angeblich half das für die Wirkung der Droge verantwortliche Tetrahydrocannabinol großen und nicht ganz so großen Denkern beim Entspannen. Tatsächlich hatte die Gabe von THC bei einer Studie aus dem Jahr 2017 die Lern- und Gedächtnisleistungen altersschwacher Mäuse verbessert.

Im Gegensatz zu Lukas wusste Basu, dass sein deutscher Leidensgenosse in der gegenüberliegenden Zelle untergebracht war.

Die Geiselnehmer sprachen Bengalisch und zumindest ein Teil ihrer Gespräche drang, gedämpft durch die schwere Holztür an sein Ohr. Trotzdem war es auch für ihn schwer, dem Gehörten einen Sinn zu geben. Oft waren es nur Wortfetzen und obwohl er das Essen erheblich besser vertrug als Lukas, war auch er sehr geschwächt. Die Dunkelheit, die Feuchtigkeit und das Ungeziefer machten ihm zu schaffen. Mit jeder Stunde länger, die er hier verbrachte, sanken seine Aussichten. Selbst wenn er nicht einer Seuche zum Opfer fallen sollte, würden sie ihn nicht lebend gehen lassen. Vielleicht hatte Lukas eine Chance. Als Deutscher, dessen Entführung internationale Anteilnahme auslöste, war er atmend ein höheres Lösegeld wert.

Er selbst mochte wohlhabend sein, es gab in Bangladesch Menschen die drei Monate lang mit weniger auskommen mussten, als er für einen einstündigen Standardvortrag an Honorar verlangte. Trotzdem würde für einen Basu Ahmad aus Dhaka kein CNN, keine BBC, keine Al-Jazeera anrücken. Er musste hier raus. So schnell wie möglich. Während Basu verzweifelt nach einem Weg suchte, zu entkommen, bemühte sich Lukas, den Ekel, den er trotz seines Zustands immer noch fühlte, zu unterdrücken. Seine Hände waren voller Mäusekot. Er versuchte, die einzige Öffnung, die er in seiner Zelle finden konnte, zu vergrößern: ein Mauseloch. Er scharrte, riss Putz und brüchige Holzstücke und ein Material, das vermutlich Glaswolle war, heraus.

Die Öffnung wurde größer, aber der Erfolg

war minimal. Sie war nicht einmal ansatzweise

in der Nähe dessen, was erforderlich war,

damit ein erwachsener Mann hineinpassen

würde. Und selbst wenn es ihm gelingen

sollte, wo würde der Gang hinführen? „Nicht

denken, weiter scharren und graben", mahnte

er sich in Gedanken selbst, sich

zusammenzureißen. „Und sei leise!", schrie er

sich im Kopf an. Ein Würgereiz überkam ihn.

Der Würgereiz entwickelte sich zu einem

Brechreiz. Lukas begann, das eigene

Erbrochene hinunterzuschlucken. Das gelang

ihm nur wenige Sekunden. Dann schließlich,

obsiegte der Ekel.

Mit einem an einen waidwunden Hirsch, der in Panik ein letztes Mal röhrt, erinnernden Laut ergoss sich ein hauptsächlich aus Magensäure bestehender Schwall auf den immer noch lächerlich kleinen Anfang von Lukas` Tunnel.

Nur den Bruchteil eines Augenblicks danach stand Lukas` Bewacher in dessen Zelle. Das Gewehr im Anschlag und hellwach, nur mit leicht geröteten Augen. Der Mann stieß einen für Lukas unverständlichen Fluch aus, als ein Knall ertönte und der Boden leicht erschüttert wurde. „Ein Erdbeben", schoß es ihm durch den Kopf. Aber es war Basu Ahmed, der die Gunst des Chaos nutzen wollte und all seine letzte Kraft zusammengenommen hatte, um sich mit dem Gewicht seines gesamten Körpers gegen die Tür seiner Zelle zu werfen.

Einmal, zweimal, dreimal, dann krachte das Holz. Der Wärter fluchte erneut, rannte in die Richtung von Basus Zelle – und dachte in seiner Eile nicht daran, Lukas wieder hinter sich einzuschließen. Dieser erkannte sein Glück und huschte hinaus.

Er stellte fest, dass die Zellen sich in einem verhältnismäßig bescheidenen Häuschen befanden und bereits die nächste Tür ins Freie führte. Doch als er sie aufriss, blickte er in den Lauf eines Gewehres – draußen hatte ein weiterer Entführer Wache geschoben. Angsterfüllt hob der deutsche Reporter die Hände nach oben. Das legte sich wie aus dem Nichts heraus von hinten ein Arm um den Hals des Bewaffneten und brach diesem mit Griff das Genick, der aus einem James-Bond-Film hätte stammen können.

Ein wie ein Pitbull wirkender Mann tauchte hinter dem Toten auf und zischte ihm auf Deutsch zu „Komm mit".

Es gab keine Zeit, um Fragen zu stellen. Den Kopf nach unten haltend und leicht geduckt, folgte er Stefan ohne die geringste Ahnung zu haben, wer dieser war. Sie rannten zu einem alten Mercedes, der vor dem Haus parkte.

Zu seinem Erstaunen, saß am Steuer Tamara. Seine Mitbewohnerin aus dem fernen Berlin raste los und legte dabei einen Fahrstil an den Tag, der einem bengalischen Taxifahrer mit siebenundzwanzig Jahren Berufserfahrung im dichten Verkehr der Hauptstadt alle Ehre gemacht hätte.   I

Als Alice sah, wie der Signal-Videoanruf ihrer Schwester auf ihrem Handy einging, nahm sie nicht an. Christopher hatte ihr den Kuss gebeichtet. „Unschuldig, flüchtig und es wird nie wieder vorkommen“, hatte er behauptet. Vielleicht stimmte das Letzte. Die anderen beiden Kriterien konnten ihrem Freund maximal dazu dienen, sein eigenes Gewissen zu beruhigen. Aber so schwer es ihr auch fiel, sie fühlte sich verpflichtet, ihm zu verzeihen.

Tagelang war er ihr nicht von der Seite gewichen, hatte ihre Hand gehalten und hatte eine gemeinsame Zukunft für sie beide ausgemalt. Sie war froh, dass es Tamara gut ging. Den bangladeschischen Wissenschaftler, der bei der Entführung ums Leben gekommen war, kannte sie nicht.

Ein mutiger und intelligenter Mann, der wegen der Gier von Verbrechern gestorben war. Das zumindest war die Version sowohl der bangladeschischen Behörden, in deren Gewahrsam sich die Entführer befanden. Eine politische Motivation der Täter wurde ausgeschlossen. Eine Bande von Gangstern, alle polizeibekannt, die auf ein hohes Lösegeld gehofft hatten. Ihnen drohte die Todesstrafe. Der deutsche Söldner, der Gerüchten zufolge eine Rolle bei Lukas' Befreiung gespielt hatte, blieb wie vom Erdboden verschluckt spurlos verschwunden. Die neue Ausgabe des Minerva-Magazins verkaufte sich noch besser als das Vorgängerheft – dank der medialen Berichterstattung über die Entführung hatte auch das Interesse der lesenden Bevölkerung an grüner Gentechnik gewaltig zugenommen.

Alice' brillante Ausformulierungen der Texte taten ihr Übriges. Umfassend in sozialen Netzwerken wurde ein langes Interview mit Dirk Vogelsang diskutiert. Ein Gastbeitrag von Larissa, wurde ebenfalls wohlwollend aufgenommen. Ob sie und Lukas eine gemeinsame Zukunft hatten, galt es nun herauszufinden. Und aller Uneinigkeiten zum Trotz stand Eines fest: Der neue Band war nicht das letzte Minerva-Magazin.